Wer ist so verrückt, im Frühling 1990 mit einem alten Datsun Bluebird die zweitausend Kilometer von Berlin nach Moskau zu fahren – einen Sack Erdnüsse im Gepäck und den Kofferraum voller Wischerblätter? Die drei Glücksritter Spax, Tom und Tina haben genau das vor und begeben sich auf den abenteuerlichen Trip durch ein Land, das eben den Eisernen Vorhang gelüftet hat. Der eine sucht den Neustart, der andere bloß das Weite und die Dritte im Bunde will ihren Exfreund stellen, denn der hat weit mehr als ihr Herz gestohlen. Ihre einzige Spur: die Postkarte aus einem Satellitenvorort der russischen Hauptstadt. Michael Bertls Roadnovel mit dem perfekten Gespür für Chaos, Timing und aberwitzige Situationen erzählt eine große Geschichte von Aufbruch, Freundschaft und Liebe.

Michael Bertl ist Autor mehrerer Drehbücher, die fürs deutsche Fernsehen verfilmt wurden, bei dreißig Spiel- und Dokumentarfilmen war er bildgestaltender Kameramann. Zudem ist er Dozent für Bildgestaltung/Kamera an der Deutschen Film- und Fernsehakademie Berlin.

MICHAEL BERTL

DREI FÜR MOSKAU

ROMAN

Berlin Verlag Taschenbuch

FSC
MIX
Papier
FSC® C083411

März 2016

Umschlaggestaltung: ZERO Werbeagentur, München
unter Verwendung zweier Motive von FinePic®, München
Gesetzt aus der Swift von psb, Berlin
Druck und Bindung: CPI books GmbH, Leck
Printed in Germany
ISBN 978-3-8333-1048-5

www.berlinverlag.de

Die so angenehm bewohnbare Bundesrepublik, breit aufgestellt am Alpenrand, satt und zufrieden in einem sanften Bogen nach Westen schwingend, im Norden verschlankt und etwas lustlos in Nord- und Ostsee ausfransend. Links davon, darunter und darüber bei den Deutschen beliebte Urlaubsländer und rechts davon: drüben. Die Zone. Und inmitten dieser nach Osten offenen, unbeschriebenen grauen und beängstigend großen Fläche ein Fleck, klein, überflüssig und unwichtig wie ein Fliegenschiss: Westberlin. Das sah man auf der Karte hinter den *Tagesschau*-Sprechern. Ein Bild, das sich als Zustand über Jahrzehnte in westdeutsche Gehirne gebrannt hatte.

Dann im November '89 Historisches, darüber war die Welt sich einig, und besonders in Berlin war man stolz, denn endlich war man wieder da, wo man sich immer gesehen hatte: mittendrin.

Karten und Atlanten wurden korrigiert und etwas widerstrebend auch die dazugehörigen und lieb gewonnenen Weltbilder, getragen von einer ungewohnten Euphorie des Aufbruchs und der Aussicht auf die Möglichkeit der anderen Seite. Viel wurde versprochen. Nichts blieb unberührt und niemand verschont.

KUMPELNEST 2000 – ABENDVERANSTALTUNG

»Das größte Problem im Osten ist Ersatzteilknappheit. Weiß ich aus erster Hand. Schon mit meinem alten Herrn beim Sozialistenkongress in Moskau war das so. In den Siebzigern. Überall diese Pappkisten, dazwischen die Wolgas und Moskwitschs der Bonzen. Aber …«, Spax machte eine kurze Atempause, »keine Antennen! Rücklichter ohne Gläser, Lampen sowieso nicht, keine Wischerblätter, nicht mal Tankdeckel. Und hier kommen wir ins Spiel.«

Sebastian Spaczkowski, von allen nur Spax genannt, war Weddinger, Afrikanisches Viertel, und bekannt für groß angelegte Ideen, die in der Regel im direkten Kontakt mit der Außenwelt schnell abbremsten und sich im Alltag verloren. Tom nahm die Sache daher nicht ganz ernst.

»Du willst nach Moskau?«

»Genau.«

»Mit dem Auto?«

»Yup.«

»Du spinnst doch.«

Tom bestellte erst mal ein weiteres Bier. Nia, die gehörlose Schönheit hinter der Bar, registrierte sein Handzeichen sofort und stellte ihm eine Flasche hin. Sie lächelte ihn an. Er nahm die Flasche, überrascht von dieser raren Aufmerksamkeit.

»Außerdem hast du keinen Wagen und ich auch nicht.«

Spax' Zukunftspläne hatten immer mindestens einen Haken. Für Tom war das Thema erledigt. Er wandte sich zur Tanzfläche.

Im Kumpelnest war es auf eine schöne Art ruhiger als in anderen Kneipen, obwohl die Musik, *This flight tonight*, in diesem Moment sehr laut aus den Boxen kam. Vor allem die Bässe waren voll aufgedreht. So konnte man die Musik besser spüren. Die Bar wurde von Gehörlosen betrieben, und da viele Gäste ebenfalls gehörlos waren, fehlte der sonst oft penetrante Pegel des Geredes. Blicken und Gesten, Beobachten und Augenkontakt kam hier naturgemäß eine andere Bedeutung zu. Nias Aufmerksamkeit brachte Tom durcheinander. In Berliner Kneipen wurde man nicht angelächelt, jedenfalls nicht grundlos. Und im Kumpelnest schon gar nicht.

Seine letzte Affäre lag schon einige Monate zurück. Er hatte die Biologin an der Nachtbushaltestelle kennengelernt, auf dem Nachhauseweg von einer Party, auf der sie einander nicht weiter aufgefallen waren. Der Nachtbus, ein perfekter Moment, dem Abend noch eine gute Wendung zu geben. Eine sanfte Stimmung lag in der Luft, gelöst vom Tanzen und Trinken. Wie auf einer Fähre glitten sie durch die Dunkelheit, vorbei an den Lichtern der Stadt, einem gemeinsamen Ziel entgegen, dem Schlaf. Gleichgesinnte in müder Eintracht, erschöpft von der

Nacht und dem, was die Stadt sie hatte erleben lassen. Viel war passiert, noch mehr schien möglich. Zufällige Blicke oder Berührungen reichten für eine letzte Entscheidung. Die Biologin war mit ihm mitgekommen. Nur ihre Unterwäsche brachte ihn kurz aus der Fassung. Ein Sport-BH und ein ebensolcher Slip in Grau. Nicht Schwarz, nicht Weiß, sondern Grau. Noch eigenartiger das Gefühl, wenn er ihr über den Rücken strich. Eine ganz leichte Rauheit wie von allerfeinstem Schleifpapier, die seine Fingerspitzen elektrisierte. Er bildete sich ein, kleine Lichtblitze zu sehen, zumindest konnte er sie fühlen. Das gefiel ihm. Er konnte nicht damit aufhören, seine Hände über ihren Rücken gleiten zu lassen. Das gefiel ihr, und als sie ging, fragte sie nach seiner Nummer.

Zu ihrem nächsten Treffen, nüchtern und bei Tageslicht, kam sie in aufgekratzter Stimmung und hatte eine Freundin untergehakt. Unter einem kurzen Rock trug sie grün geringelte Strumpfhosen. Die graue Unterwäsche hätte ihm eine Warnung sein sollen. Er nahm sich vor, alles so schnell wie möglich abzublasen und zu gehen, und es folgten Minuten desperaten Bemühens, miteinander auszukommen. Doch ganz unvermittelt schickte sie die Freundin weg, und eigentlich fand er sie doch süß, gerade weil sie Unterstützung benötigt hatte für ihr erstes offizielles Treffen, obwohl sie schon eine Nacht miteinander verbracht hatten.

»Kannst du dich noch erinnern, warum die Biologin immer nur Biologin hieß?«, meinte er zu Spax.

»Wegen der Sackratten?«

»Du Arsch!« Er schob seinen Freund vom Barhocker.

Spax fing sich lachend. Die Bierflasche in der Hand setzte er seine Bewegung fort und tänzelte mit kleinen Schritten in Richtung der vier Quadratmeter großen Stahlplatte, die die Tanzfläche darstellte. Beide Arme von sich gestreckt, drehte er sich im Kreis, plötzlich glücklich, genau den Moment getroffen zu haben, in dem alles zusammenkam, wieder mal: ein Freund, ein Spruch, eine Erinnerung, eine Idee, ein Lied. Und lautlos sang er die letzten Zeilen mit:

Up go the flaps, down go the wheels/Hope you got your heat turned on baby/Hope they've finally fixed your automobile/Hope it's better when we meet again, babe.(1)

Spax hatte eine schwere Woche hinter sich. Jeden einzelnen Tag hatte er an einem Filmset zugebracht, zwölf, manchmal vierzehn Stunden in einem eiskalten Gerichtssaal, als Statist. Es ging, so viel hatte er mitbekommen, denn Statisten gab man natürlich kein Drehbuch in die Hand, um einen Vatermord. Zuerst war es ihm wie ein kalt berechnetes Verbrechen aus Heimtücke erschienen, aber nach und nach schälte sich bruchstückhaft ein gequälter und verletzter Charakter heraus. Dass die Einstellungen dabei mehrmals wiederholt wurden, einzelne Sätze wie »Wieso, sagen Sie, konnten Sie mit niemandem darüber sprechen?« bis zu achtmal hintereinander, machte die Angelegenheit für Spax nur umso eindrücklicher. Eine Woche hatte er auf der Besucherbank hinter dem Angeklagten gesessen, den Nacken des jungen Schauspielers betrachtet, leicht vorgebeugt, schutzlos den Blicken und Urteilen imaginärer Zuschauer ausgeliefert. Irgendetwas berührte ihn an der Figur, hier war jemand aus einem gleichförmigen Leben zu einer spontanen und extremen Entscheidung gekommen. Und auch wenn der ganze Fall nur von einem Drehbuchautor erdacht war und in der Dramatik nicht vergleichbar, spürte er eine seltsame Parallelität zu seinem Leben. Es musste etwas passieren. Er musste etwas tun. Er war dran.

Er bemerkte, wie die Maskenbildnerinnen dem Darsteller zwischen den Einstellungen immer wieder über die Haare strichen. Das war Teil ihrer Arbeit, wirkte auf Spax hier im Gerichtssaal aber wie eine Geste des Trostes und der Zuneigung. Er freute sich darüber. Der Schauspieler, einer dieser aufstrebenden Jungstars, wischte die Hände jedoch immer zur Seite wie lästige Fliegen. Als fühlte er sich in seiner Konzentration gestört. Er war ein stadtbekanntes Arschloch.

Statist war ein harter Job. Man füllte ein Bild, man belebte eine Szene, man war Teil der Dekoration, mehr nicht. Und die Hauptaufgabe bestand darin, nicht aus dem Rahmen zu fallen. Die meiste Zeit wartete man, dass man drankam. Sehr oft kam man nicht dran, und man hatte wieder einen ganzen Tag nutzlos in einem improvisierten Aufenthaltsraum verbracht und zu viel aufgewärmten, bitteren Kaffee getrunken. Man verließ solche Orte nach zwölf Stunden mit fünfundsechzig Mark in der Tasche und einer unbestimmten, brennenden Verhärtung in der Region zwischen Magen, Nieren und Prostata.

Fünfzehn Jahre Fun in der großen Stadt machten sich langsam bemerkbar. Mit fast dreißig meinte Spax das herannahende Alter zu spüren und ein diffuses Gefühl, seit dem vierzehnten Geburtstag keinen Schritt weitergekommen zu sein. Mein Leben ist ein Debakel, war sein Lieblingskommentar. Das war ebenso falsch wie wahr, vor allem aber klang es kokett. Passend dazu hatte ihn seine Freundin rausgeschmissen, erst vor ein paar Tagen, und so wohnte er wieder in seiner Bude, die er eigentlich an Rolf, den Ostler, untervermietet hatte. Die Wohnung war verwüstet, zugemüllt und stank, eine einzige Katastrophe, er erkannte sie kaum wieder. Rolf war verschwunden, ohne die letzte Miete zu zahlen, aber beim Aufräumen fand Spax etwas, das ihn auf diese waghalsige Idee gebracht hatte.

»Ich hab eine Woche sauber gemacht, in der Wohnung hat es ausgesehen wie bei einem Messi, bloß alles Zeug nagelneu. Zumindest das, was noch da war, den Rest hat Rolf verhökert. Autoradios zum Beispiel. Nur die ganz feinen Teile, Blaupunkt Bremen, Hildesheim und Osnabrück mit Digitalanzeige, CD-Wechsler ...«

»Ich komm aus Osnabrück«, schob Tom ein. Während die meisten Ostberliner echt waren, kamen die meisten Westberliner irgendwoher aus den trostlosen mittelgroßen Städten der Bundesrepublik wie Bielefeld, Hildesheim oder eben Osnabrück.

»... alle leer, wie gesagt, Kartons von Videorekordern, Kameras und so weiter. Nichts mehr da, nur noch ein riesiger Haufen Pappe, Plastik und Styropor, dazu Pizzareste, Coladosen, auf dem Herd ein angebranntes Chili con Carne, grün vom Schimmel, und im Bad, in der Dusche ...«

»Bestimmt alles geklaut. Wahrscheinlich ist Rolf im Knast.«

»Möglich, obwohl er die Sachen nicht geklaut hat. Nur mitgehen lassen.«

»Wo ist der Unterschied?«

»Der Unterschied«, erklärte Spax, dessen Sinn für Gerechtigkeit einer langen Arbeiterfamilientradition aus dem roten Wedding entstammte, »ist, dass wenn dir fristlos gekündigt wird, weil irgendein Finanzhai das letzte Geld aus deiner Firma rausgequetscht hat und die Firma liquidiert wird, und du als Entschädigung was mitnimmst, was ...«

Tom hob abwehrend die Hand.

»Geklaut ist geklaut, und Rolf sitzt entweder im Knast oder bei seinen Stasikumpels in einer brandenburgischen FKK-Schrebergartenanlage. Kannst froh sein, dass er weg ist.«

Prompt bekam er noch ein Bier hingestellt, von hinter dem Tresen war sein Fingerzeig als Order verstanden worden. Und noch einmal sah Nia ihm direkt in die Augen, ehe sie sich wieder anderen Gästen zuwandte.

»Und dann nehme ich mir die wirklich letzte Ecke vor, du weißt schon, die Nische am Eingang, meine Abstellkammer, in der es aussieht wie auf einem Recyclinghof. Ich denk noch, am besten alles anzünden, da entdecke ich auf einmal diese kleinen Kartons, ein ganzer Stapel, lang und schmal, verschweißt und mit Gewebeband verschlossen. Originalverpackt. Verstehst du? Originalverpackt.«

Und um Tom die ganze Tragweite seines Fundes zu vermitteln, schüttelte er ihn an den Schultern und riss dann beide Hände hoch, was dazu führte, dass sie sofort noch zwei frische Biere vor sich stehen hatten. »Bingo, Volltreffer, Strike.«

Was Tom bei seinem Freund wahrnahm, die übertrieben aufgerissenen Augen, diese exaltierte Fröhlichkeit und das albern juvenile Vokabular, erinnerte ihn an Szenen aus TV-Vorabendserien, die vor Hintergründen aus bunt gestrichenen Spanplatten kleine Leben mit großer Geste nachspielten. Als Tonassistent verbrachte Tom in genau diesen Kulissen zu viel Zeit und sah und hörte Trostloses dieser Art beinahe jeden Tag.

Er dachte immer noch an die Biologin. Nach nur wenigen Nächten mit ihr hatte er an zentraler Stelle einen unbekannten, beunruhigenden Juckreiz verspürt. Erst der Besuch bei einem Arzt für Haut- und Geschlechtskrankheiten brachte Klarheit, und noch peinlicher war der Moment, als die Apothekerin den Namen des rezeptpflichtigen Präparats durch den Laden rief und alle, Kunden wie Angestellte, wussten, was mit Tom los war. Zwei Tage rieb er sich mit der milchigen Flüssigkeit ein, die so scharf roch, dass er sich nicht mehr aus der Wohnung traute, dann rief er die Biologin an. Er sah sich nur als Empfänger der kleinen Tiere, außer mit ihr hatte er keine Intimkontakte gepflegt. Doch bevor er zu Wort kam, teilte sie ihm ansatzlos mit, dass ihr Freund kürzlich von einem Schwerpunktpraktikum Müllwirtschaft aus Ägypten zurückgekommen und ihre Affäre damit zu Ende sei. Eine Zeit lang wäre sie, um die Gefühle zu sortieren, zweigleisig gefahren, erklärte sie. Sie formulierte knapp, präzise und sehr deutlich. Ganz klar war Tom nicht, wie er hier noch die Kurve zum Jucken kriegen sollte, dazu hatte die Eröffnung ihn zu sehr schockiert. Aber wenigstens wusste er jetzt, aus welchem Erdteil die Tiere stammten. Er hatte die Biologin ganz gern. Er wollte etwas sagen, merkte aber, dass er ihren Namen vergessen hatte. Hatte er ihn je gewusst? In dieser kurzen Pause legte sie auf. Er wunderte sich noch lange, ob er der Einzige war, der etwas gespürt hatte.

Tom schüttelte den Kopf. Langsam wurde ihm schwindelig von dem Bier, denn er trank viel zu schnell. Und von der hyperaktiven Energie seines Kumpels. Und auch von Nias Blicken.

»Wie willst du denn in Moskau über tausendzweihundert Scheibenwischerblätter verkaufen?«

Genau die nämlich hatte Rolf Spax in den vielen langen, schmalen Kartons hinterlassen. Spax blieb die Antwort schuldig, das wusste er auch noch nicht. Als Zeichen seiner Ratlosigkeit hob er nur entschuldigend beide Arme: Und zwei weitere Biere standen vor ihnen. Dieser wortlose Service im Kumpelnest 2000 gehörte zu den wenigen Dingen, auf die man sich wirklich verlassen konnte, darauf stießen sie an. Spax ging wieder tanzen. Er fühlte sich immer besser in diesem Frühjahr 1990, das lag an seiner neuen Idee und an den alkoholischen Getränken natürlich.

In seiner mittlerweile wieder aufgeräumten Wohnung, die, abgesehen von einer stetig wachsenden Plattensammlung, wie ein Sinnbild für Spax' Leben seit mehr als zehn Jahren unverändert geblieben war, stand nun ein großer

Stapel Scheibenwischerblätter in Kartons herum. Ein quaderförmiger Fremdkörper, der wie der Monolith in *2001* etwas Zeichenhaftes hatte und in dem er in seinem aussichtslos festgefahrenen Leben eine Botschaft zu verstehen hoffte, im romanhaften Wunsch nach einem glücklichen Zufall, einer wundersamen Wendung, einer Überraschung, die das Schicksal für ihn bereithielt.

Nacht für Nacht, erschöpft nach den langen Drehtagen im Gerichtssaal, hatte er sich ein Bier nach dem anderen aufgemacht und abwechselnd auf den Stapel unnützer Plastikdinger gestarrt und in den kleinen orangefarbenen Röhrenfernseher, der schon in der Wohnung gewesen war, als er sie von einem entfernten Bekannten übernommen hatte. Auf allen Kanälen war der Osten offen: Perestroika, Glasnost, Tauwetter, Aufbruch und Hoffnung, und plötzlich erkannte er die Analogie zu Kubricks Meisterwerk, das ihn in der Klarheit seiner Aussage immer berührt hatte. Endlich wusste er, was zu tun war. Wollte er weiterkommen, musste er losfahren. Die Wischerblätter schickten ihn auf eine Reise. Es gab eine Aussicht, und je länger er darüber nachdachte, desto besser gefiel ihm das. Es würde was passieren, und das war immer gut. Tom würde schon mitziehen, das wusste er. Sein Freund musste in der Regel zu seinem Glück gezwungen werden.

Plötzlich lag eine Hand auf Toms Arm, Nia stand neben ihm, im Mantel. Sie blickte ihm direkt in die Augen. Sie sah ihn so an, wie Frauen einen ansehen, wenn man mitkommen soll. Er stand auf und ging zu seinem Freund, der selbstvergessen auf der Stahlplatte herumtanzte, klopfte ihm auf die Schulter und machte ein Handzeichen zum Abschied, das Spax mit einem Lächeln und einem Nicken beantwortete. Als er Nia bemerkte, die an der Tür wartete und zu ihnen hinsah, breitete er die Arme aus und fiel Tom um den Hals. Manchmal kam wirklich alles zusammen. Er freute sich für seinen Freund, für sich, für alle. Heute überwältigte ihn das Glück. Tom musste auch lachen. Spax war dicht.

Die Musik aus dem Kumpelnest war in Nias Wohnung zwei Etagen darüber nur noch gedämpft zu hören. Dort war es so dunkel, dass Tom, selbst als sich seine Augen daran gewöhnt hatten, kaum ein Detail erkennen konnte. Noch im Flur zog sie ihn an sich und küsste ihn.

Später lag sie nackt auf ihm, und während sie sich küssten, hörte er ganz leise ihre Stimme. Laute, so rund und zart und sanft und von sehr weit her, wie sie wohl ein Ungeborenes im Bauch der Mutter hört.

INTOURIST, ZOO-NÄHE – WEGE, ZIELE

»Mit *der* Schüssel willst du zweitausend Kilometer in den Osten fahren?«

»Aber sicher.«

Spax lehnte an einem Datsun Bluebird, Baujahr 1980. Der graue Anstrich sah nach solider Grundierung aus, aber nicht wie Autolack. Die vordere Stoßstange und der linke Kotflügel wirkten irgendwie heller und waren sicherlich ausgetauscht worden.

»Wo hast du den Wagen her?«

»Gekauft.«

»Gekauft?«

»Ja, was denn sonst. Meinst du, mir leiht einer sein Auto für eine Moskau-Reise?«

Tom ging einmal um den Wagen herum und trat gegen die Reifen. Er verstand nichts von Kraftfahrzeugen, aber er wusste, dass man das so machte.

»Keine Sorge, mit dem ist alles in Ordnung.« Tom war sich nicht sicher, ob er Spax glauben sollte, der Spruch klang zu sehr nach Gebrauchtwagenhändler. Und das waren alle Verbrecher, bekanntermaßen.

»Die Mauer ist noch kein Dreivierteljahr offen, wieso sollte es plötzlich so einfach sein, mit dem Auto bis nach

Sibirien durchzufahren?« So schnell ließ sich Tom nicht überzeugen.

»Das Alte ist weg, was Neues gibt's noch nicht. Limbo! Unsere Chance.«

»Aber niemand fährt da hin! Alle wollen nur raus, in den Westen oder in den Süden.«

»Wir wollen ja auch keinen Urlaub machen. Wir erschließen einen Markt. Und jetzt komm, bringen wir's hinter uns.«

Sie gingen die Lietzenburger Straße nach Osten auf die Joachimsthaler zu. Die Bars hier, eine Straße parallel zum Ku'damm, hießen Schwarze Katze, Venus und Chez Cherié. Es gab sozialen Wohnungsbau mit geschwungenen Betonbalkonen, die wie umgedrehte Orangenhälften aussahen und vor allem gebautes Architektenego darstellten. Gegenüber befand sich ein erbärmlich heruntergekommener Biergarten mit einem Miniaturriesenrad, in dem Tom noch nie einen Fahrgast gesehen hatte. Ein Nachkriegsgroßstadtgemenge misslungener Versuche. Bessere Zeiten hatte diese Straße weder in der Vergangenheit erlebt, noch waren sie für die Zukunft vorgesehen. Jetzt, am späten Vormittag, lag die ganze Gegend verwaist vor ihnen.

Sie bogen um die Ecke in die Joachimsthaler Straße und betraten das Reisebüro. In den letzten Tagen waren sie so oft hier gewesen, dass der große leere Raum mit dem makellosen karmesinroten Teppich und den demonstrativ angebrachten Überwachungskameras seine einschüchternde Imposanz verloren hatte. Die Damen am Schalter, exakte Nachbildungen russischer Agentinnen aus den

Sechzigerjahre-James-Bond-Filmen, hatten ihre Papiere da. Sie bekamen ihre Pässe wieder, zusammen mit einem Touristenvisum für vierzehn Tage, der vorgegebenen Route, den Hotelbuchungen mit den einzuhaltenden Ankunftszeiten und sogar einer sehr kurzen Auflistung der Tankstellen entlang der Strecke. Sie warteten weiter an verschiedenen Schaltern, entrichteten diverse Gebühren und erhielten dafür kleine, hektografierte Belege in russischer, englischer und deutscher Sprache. Das Ganze dauerte eine Ewigkeit, obwohl sie die einzigen Kunden im Raum waren. Tom betrachtete die violetten kyrillischen Lettern. Der scharfe Geruch des Matrizenspiritus weckte Erinnerungen an die Schulzeit. Er hielt das Blatt an die Nase, schloss die Augen und wollte für einen kurzen Moment verschwinden.

Er war ein nicht unbegabter Schüler gewesen und, mit etwas Fleiß und Disziplin ausgestattet, abgesehen von den üblichen pubertären Turbulenzen immer gut zurechtgekommen. Schule gab dem Alltag eine Form und eine Bestimmung, eine Struktur, die sicher wirkte, überschaubar und, zumindest aus der Warte eines Fünftklässlers, eine Ewigkeit währte. Es waren nicht die schleichenden Veränderungen – Haare, die an Beinen, im Gesicht und an anderen Körperstellen wuchsen, eine bestandene Mopedführerscheinprüfung oder die Kündigung im Fußballverein und der Beitritt zu einer Volleyballgruppe, in der die Mädchen in der Überzahl waren –, die Tom klarmachten, dass etwas zu Ende ging und etwas anderes begann, sondern die Tatsache, dass die Menschen um ihn herum plötzlich Entscheidungen trafen. Echte Entscheidungen. Jasmin zum Beispiel, die Wiederholerin ohne Klassenanschluss im Biologiekurs, neben die er sich einfach gesetzt hatte und deren rote Haare ihm ebenso gefielen wie ihre fast durchscheinende Haut und die etwas älter war und eine Körperlichkeit ausstrahlte, die ihn fast wahnsinnig machte. Jasmin, die genau wusste, wie sie auf den jungen, hübschen Tom wirkte, und damit gern spielte, Jasmin, die ein Jahr Biologie, Verhaltensforschung und Genetik mit einer intensiven Sinnlichkeit versah durch das Zurückstreichen ihrer roten Haare und das Übereinanderschlagen ihrer Schenkel in den engen Levi's. Jasmin, deren katzengrüne Augen und winzige Sommersprossen für ihn auf ewig eine Verbindung eingingen mit den gerade gelernten mendelschen Vererbungsgesetzen, als sie ihm den ersten Kuss auf die Lippen gab. Jasmin ging nach diesem einen, kurzen gemeinsamen Jahr im Biosaal ab, um eine Lehre als Industriekauffrau zu machen. Wozu das gut sein sollte, Industriekauffrau, davon hatte er auch heute nur eine vage Vorstellung. Tom wusste aber, dass hier eine Weiche gestellt worden war zum Eintritt in einen neuen und womöglich den restlichen Lebensabschnitt. Plötzlich ging es um Berufe und um Auskommen. Völlig abstrakte Begriffe für ihn, die dazu unangenehm endgültig klangen. Oder Ralf Wegert, der Schlaumeier, der einem immer zu nahe kam, bis auf wenige Zentimeter vors Gesicht, sodass man seinen Atem riechen musste, wenn er mit einem sprach, und gegen den man daher, und Tom besonders, eine körperliche Abneigung entwickelt hatte, dieser Ralf verkündete, Zahnarzt, ausgerechnet Zahnarzt, werden zu wollen. Und auch die kleine Inga

Schaller wusste, dass sie Pharmareferentin werden wollte wie ihr Vater, und freute sich schon auf ihren von der Firma gestellten Dienstwagen. Sie sah sich klar und deutlich in dunklem Hosenanzug und mit einem Aktenkoffer voller für die Menschheit wichtiger Medikamente über die Parkplätze vor Ärztehäusern stöckeln. Sie wusste, sie würde in sogenannten Kongresshotels eine ganze Generation von Medizinern beschlafen und dafür unverschämt viel Geld von einer Firmenzentrale im Schweizer Oberland überwiesen bekommen. Michael Behtner wollte als Genetiker die Welt umkrempeln, Christian Kallinger interessierte sich, von allen verlacht, für Psychologie und für Anke Schmidt stand nach einem Südamerikaaufenthalt fest, dass sie beim deutschen Entwicklungsdienst tätig werden wollte, nicht zuletzt, weil sie mit den Jungs dort sehr klargekommen war. Anscheinend hatten alle bis auf Tom den Schritt aus der behüteten Schülerwelt in die der Erwachsenen zumindest gedanklich schon getan und sich vorbereitet auf Aufgaben, die zu meistern ein erfülltes und aufregendes Leben versprach. Im letzten Schuljahr hatte er sich plötzlich außen vor gefunden. Er hatte keine Ahnung, was er studieren oder gar »werden« sollte. Er konnte sich ein Leben außerhalb der Schule nicht vorstellen, er konnte sich nicht als Erwachsener vorstellen und er konnte sich auch nicht vorstellen, dass er jemals für etwas, das er konnte, Geld bekommen würde. Weil er nichts konnte und sich auch nicht vorstellen konnte, was er jemals können könnte. Um ihn herum herrschte Aufbruchstimmung, und er schien als Einziger Angst vor dem Tag zu haben, der auf den letzten Schultag folgen würde. Und dann war die Schulzeit plötzlich zu Ende gewesen. Auf die Zeit danach, in der man selbständig denken musste, war er nicht vorbereitet worden. Woher wussten alle anderen, was sie wollten? Ein Rätsel. Die Wochen und Monate vergingen, und der Kontakt zu den ehemaligen Schulkameraden wurde immer dünner. Deren Gequatsche aus der Uni fand er unerträglich, er verstand auch nur die Hälfte davon, auch das ärgerte ihn, und es gab neue Kreise. Die Architekten und Architektinnen trafen sich mit den Architekten und Architektinnen, die Zahnmediziner und Zahnmedizinerinnen mit Zahnmedizinern und Zahnmedizinerinnen, und nur die Maschinenbauer trafen sich nicht, weil es keine Mädchen gab im Semester. Tom gehörte nirgends dazu, er traf sich mit niemandem mehr. Seine Freundin Sigrid war massiv in die Rudolf-Steiner-Welt abgetaucht und begann eine Eurythmie-Ausbildung. Das und der Einberufungsbescheid gaben ihm den Rest. Die Flucht nach Berlin, der ein langwieriger Konflikt und heftiger Streit mit seinen Eltern vorausgegangen war, schien ihm etwas Zeit zu versprechen, Klarheit darüber zu erlangen, worum es eigentlich ging im Leben als post-Schüler, im Leben der Erwachsenen. Und wenn er einfach nichts wollte? Das fragte er sich manchmal in der Wohngemeinschaft in Neukölln, in der er bei einem Bekannten eines Bekannten untergekommen war. Wie sah so ein Leben aus, wenn man nichts wollte? Nichts jedenfalls von dem, was in Berufswahlratgebern zur Disposition stand. Interessanterweise fand er in Berlin eine Menge Menschen vor, die ähnlich dachten und ihre Zeit und Energie mit einer Leidenschaftlichkeit für Dinge einsetzten, mit denen er in seinem bisherigen Umfeld nichts zu tun gehabt hatte. Plötzlich fand er sich auf Vernissagen wieder, auf denen Unterwerfungsszenen mit viel Haut und Leder und Metall gegeben wurden, untermalt von psychedelischem Farbgeblubber, das ein Lichtstrahl durch eine Kaffeemaschine, in der bunte Glasperlen schwammen, auf die Haut der Darsteller schoss, in einer Fabriketage, von der aus man die Spree, die Mauer und taghell dahinter den Todesstreifen sehen konnte. Er ging zu Lesungen, die um zwei Uhr nachts begannen und wo die Texte mit Megafonen ins Publikum geschmettert wurden, und auf Musikkonzerte in Hohlräumen von Autobahnpfeilern. Er begann sich für das Kino der Weimarer Zeit zu interessieren, für deutsche Bands, deren Namen alleine einen nachts nicht schlafen ließen, und für Malerei. Er besuchte als Gasthörer die Klasse von Erhardt Mester, der quadratmetergroße Wolfsfratzen malte mit einer Wut und Kraft, die an Boxkämpfe erinnerte. Im Atelier rekelte sich eine schwarze Meisterschülerin, es gab Single Malt aus zollfreien Literflaschen, und er begann einen Aktzeichenkurs. Er kaufte sich Aquarellfarben und verliebte sich in die schönen Farbnamen: Coelinblau, Krapplack dunkel, Vandyckbraun. Im Berliner Zoo zeichnete er die Tiere, und ein paar der Zeichnungen lieh er seiner damaligen Freundin für ihre Abschlussmappe an der Fachhochschule für Gestaltung. Er bewarb sich an derselben Fachhochschule mit seinen Arbeiten, verpasste aber knapp die Endrunde. Die Freundin verließ ihn und die Stadt für eine gut bezahlte Festanstellung als Grafikerin bei einem Herrenmagazin in Hamburg, aber Tom war trotzdem guter Dinge, hatte er doch mit dem Zeichnen endlich etwas gefunden, das er liebte und das er können wollte. Er nahm sich vor, viel zu zeichnen und im nächsten Jahr die Aufnahmeprüfung noch einmal anzugehen. Unabhängig davon galt es, Geld zu verdienen, und ein Mitbewohner, der an der Filmakademie Regie studierte, nahm ihn einmal mit zu einem Dreh, und weil sonst niemand wollte, hielt er die sogenannte Angel mit dem daran befestigten Mikrofon, und in null Komma nichts war er Tonassistent und hatte, wie so viele beim Film, als ungelernter Quereinsteiger plötzlich eine Karriere vor sich. Der Arbeitstag beim Film war minutiös gegliedert, einem Stundenplan ähnlich in einem Drehplan fixiert und auf der sogenannten Tagesdispo. Tom wähnte sich auf bekanntem und beruhigendem Terrain. Als Tonassistent musste man allerdings auch aus allernächster Nähe den Schwachsinn der Unterhaltungsindustrie ertragen, unter Kopfhörern, die einen von der restlichen Welt abschnitten und einen allein ließen mit dem Gehörten, das, aufgenommen von High-End-Mikrofonen in einer kristallenen endgültigen Klarheit, schmerzte und einem in einer gleichzeitig böswilligen Dumpfheit die letzten vernünftigen Gedanken vernebelte. Das war anstrengender und zermürbender, als er jemals vermutet hatte. Zum Zeichnen kam er kaum noch, und die Aufnahmeprüfung zur Fachhochschule für Gestaltung verpasste er wegen einer Komödie, in der eine Schildkröte die Hauptrolle spielte. Das war er heute: ein überqualifizierter freischaffender Tonassistent mit mehreren Jahren Berufserfahrung bei Film und Fernsehen, der mit seinem Freund Spax, hauptberuflich Statist, zwecks einer Reise in die Sowjetunion im Juni 1990 im Intourist-Büro Berlin darauf wartete, dass es weiterging.

Der Blick des russischen Mädchens an der Kasse, kaum älter als er, ging direkt durch ihn hindurch. Ein Blick, gerade, hart und klar wie Fiberglas. Ein Blick, der Diamantenglitzern an palmenumstandenen Promenaden sah und goldene Uhren an echten Männern in seidenen Hemden. Er spürte Verachtung und Mitleid. Er fürchtete, dass sie in die falsche Richtung wollten. Er fürchtete, dass es dort, wo sie hinwollten, nichts anderes geben würde für sie als Mitleid und Verachtung. Er zahlte und wurde mit Spax einen Schalter weiter geschickt.

Geduldig erklärte dort eines der Bond-Girls, wo und wann sie sich in den Städten, in denen sie übernachten würden, bei den jeweiligen Intourist-Repräsentanzen zu melden hätten. Sie sprach dabei, wie man mit kleinen Kindern spricht oder wie eine Ärztin zu einem Patienten, dem eine Operation mit ungewissem Ausgang bevorsteht. Ruhig und eindringlich kam sie einer lästigen Aufklärungspflicht nach, und was sie erzählte, vermittelte nicht nur den Eindruck von Unausweichlichkeit, sondern vor allem die Gewissheit, dass man nichts, aber auch gar nichts wirklich verstanden hatte oder im weiteren Verlauf verstehen würde.

Spax versuchte, mit charmanten Bemerkungen erste Kontakte zu der unbekannten Welt herzustellen, und während Tom mit großem Respekt die überdimensionierte Karte der Sowjetunion betrachtete, die die gesamte Rückwand des Büros einnahm, sagte die Dame, immun gegen jedwedes Signal aus dem Westen, lediglich: »Viel Glück!«, und die Angelegenheit war erledigt.

»Und du glaubst im Ernst, die Russen wollen Wischerblätter kaufen?«

»Mann, der Osten ist offen! Die sind hungrig. Jetzt steig ein!«

Ein kleiner Rest an Zweifel blieb, aber Spax' Erfahrungen als Begleitkind der Delegation der sozialistischen Internationalen Sektion Berlin-Wedding neunzehnhundertfünfundsiebzig hatte Tom nichts weiter entgegenzusetzen.

Spax wendete den Wagen, und Tom begann sich mit dem Gedanken auseinanderzusetzen, eine längere Reise zu unternehmen.

SCHÖNEBERG, HERZ DES ALTEN WESTENS

Jeden Abend wartete Tom vergeblich auf Nia. Er saß im Kumpelnest, allein, denn Spax, der mit den Reisevorbereitungen beschäftigt war, tauchte auch nicht mehr auf. Der Taubstumme hinter dem Tresen konnte ihm nicht weiterhelfen. Aus dem wenigen, das er in Gebärdensprache verstand, schloss er aber, dass Nias Auszeiten unvorhersehbar waren. Wenn sie weg war, war sie weg. Es war anscheinend nicht das erste Mal. Warten habe keinen Sinn.

Dieses diffuse Ziehen vom Brustkorb über Magen und Leisten, das er seit Tagen verspürt und dessen Ursache er zuerst in seiner Angst vor der Abreise vermutet hatte, wurde präsenter und immer schmerzhafter. Er deutete es als körperliches Symptom der Sehnsucht. Tatsächlich fehlte Nia ihm sehr.

Obwohl er die Tage faktisch mit Nichtstun verbrachte, erschien ihm sein Leben dabei erfüllt wie schon lange nicht mehr. Er wartete geduldig, bis es spät genug war, um ins Kumpelnest zu gehen. Ihm genügte die vage Aussicht, Nia möglicherweise doch anzutreffen. Meist aber wurde es hell, wenn er wieder nach Hause ging, müde und abgekämpft, so als hätte er nicht nur herumgesessen bei immer mehr Bieren, sondern schwere körperliche

Arbeit geleistet. Traurig legte er sich ins Bett, die tägliche Routine endete jedes Mal mit der irrigen Hoffnung der Lebenslänglichen auf das Erscheinen des Wunders am nächsten Tag.

Mehrmals klingelte er bei ihr an der Tür, aber immer erfolglos. Seinen defekten Anrufbeantworter warf er in den Müll, der nützte sowieso und in diesem Fall erst recht nichts. Lieber blieb er in der Wohnung.

Einmal läutete sein Telefon, und sein Tonmeister bot ihm einen sehr gut bezahlten Job für drei Tage Werbung in Hamburg an. Tom lehnte ab. Dem kurzen Moment verblüffter Stille am anderen Ende der Leitung entnahm er, wie schwerwiegend sich diese Absage auswirken würde. Aus der Richtung würde jedenfalls kein Jobangebot mehr kommen. Nie mehr. Man sagte nicht grundlos ab. Nicht in dem Gewerbe. Sein Tonmeister würde einen anderen Assistenten anrufen und, wenn der sich nicht zu dumm anstellte, aus Bequemlichkeit einfach mit ihm weiterarbeiten. Echte Loyalität war bei den Entscheidungsträgern in der Filmbranche quasi unbekannt. Diese Welt war klein, es würde nicht leicht für ihn werden, wieder Arbeit zu finden.

Was er die Tage über eigentlich sonst noch gemacht hatte, konnte er nicht sagen. Außer an Nia zu denken und die wenigen Stunden, die er mit ihr zusammen gewesen war. Es hatte sich, er fand keinen besseren Ausdruck, wirklich angefühlt. Während sie auf dem Boden in ihrem Zimmer gelegen und ganz langsam gemeinsame Bewegungen gefunden hatten, war seine Haut immer dünner und durchlässiger geworden. Unter ihren Händen war es stahlblau durch seinen Körper geschossen, durch Sehnen und Knochen, so schmerzhaft, dass er es hatte krachen hören. Ein Geräusch so laut, dass es noch lange in ihm nachschwang wie weißes Rauschen. Und als ob sie dem lauschen würde, war Nia auf ihm eingeschlafen, mit ihrem Ohr an seiner Brust.

Aufgewacht war er vom Lärm der Vögel aus dem Hinterhof. Dort stand eine Eiche in Blüte. In die Küche schien die Sonne, es roch nach Kaffee. Nia drehte sich zu ihm um, sie trug ein Feinripp-Männerunterhemd und war so schön, dass ihm schwindlig wurde und er zu ihr gehen und sie anfassen musste. Sie küssten sich und hielten sich. Er bemerkte ihren gemeinsamen Schatten an der Wand und wollte sie nie wieder loslassen.

Nia konnte Lippenlesen, nicht aber wenn er beim Sprechen den Mund voll Toastbrot hatte, und er bemühte sich im Gegenzug ihre Gebärdenzeichen zu deuten. Die Frühstücksunterhaltung ergab kaum Sinn, aber sie lachten viel. Wie sie dann zusammen die Treppen hinabstiegen – sie hatte einen Arzttermin –, kam es ihm vor, als wären sie ein Paar. Als wäre der gemeinsame Weg durchs Treppenhaus, durch den Hinterhof und die Durchfahrt auf die Straße eine Zukunft. Ihre Zukunft. Es wirkte so vertraut. Sie trennten sich, und erst bei sich zu Hause bemerkte er, dass sie sich nicht verabredet hatten. Tom überlegte, was er möglicherweise falsch gemacht und ob er etwas Wesentliches verpasst hatte. Jeder Moment mit Nia war so greifbar in seiner Erinnerung in einer Klarheit, die schmerzhaft war, die ihn wach hielt und die nicht mit Alkohol zu ertränken war.

Er hatte sich verliebt.

Die Reise nach Moskau erschien ihm viel zu fiktiv, wie aus einem Roman oder wie eine Geschichte, die irgendjemand erzählt hatte. Dass da ein Termin immer näher rückte, verdrängte er wie alles andere. Erst am Abend vor dem geplanten Termin mit dem Anruf von Spax, der ihm den Treffpunkt durchgab, hatten schlagartig die Bauchschmerzen eingesetzt, die Tom immer bekam, wenn er abreisen musste. Morgen mit dem Auto nach Moskau, das verursachte so heftige Krämpfe, dass es für Tom außer Frage stand, die Wohnung zu verlassen, um ins Kumpelnest zu gehen. Die ganze Nacht verbrachte er auf der Toilette und dachte immer nur, wie bitter es wäre, wenn genau an diesem Abend Nia wieder auftauchen würde.

Am nächsten Morgen hatte er keinen Tropfen Flüssigkeit mehr in sich. Das Ungeheure des Alltags zeigte sich dann, als er, übernächtigt und geschwächt, mit seinem Reisegepäck die Treppe herunterkam, den Briefkasten öffnete und dort einen handgeschriebenen Brief vorfand. Er trug den Absender einer Privatklinik in einem kleinen Ort bei Frankfurt. Er war von Nia. Tom spürte ein Klopfen in der Brustmitte, wie ein zweiter Puls, als wenn in seinem Inneren etwas verrutscht wäre, das jetzt Alarm schlug. Er steckte den Brief in die Innentasche seiner Jacke, schloss den Kasten und ging durch den Hausflur, den Hinterhof und die Tordurchfahrt hinaus auf die Straße.

Er lief über die Lützowstraße bis zum Magdeburger Platz durch das Niemandsland nördlich des Nollendorfplatzes. Die Frauen, die hier ab Mittag warteten, waren alle viel älter als er. Eine der blond toupierten Damen lächelte ihn an und deutete in den winzigen Wohnwagen, vor dem sie stand. Mit einer geübt verschämten Geste zog sie dabei ihren glänzenden Synthetikpullover über der Wölbung ihres Bauches glatt. In der Genthiner Straße pfiff der Wind durch die Schluchten der Möbelhäuser. Die Parkplätze waren verwaist, die Straßen viel zu breit. Niemand war hier unterwegs. Wozu auch.

Tom hätte natürlich den Bus nehmen können, aber wie immer, wenn etwas Wichtiges anstand, war er lieber zu Fuß unterwegs. Es ging ihm dabei nicht um die frische Luft oder die Bewegung, sondern darum, das Unausweichliche hinauszuzögern. Reiner Selbstbetrug, das wusste er. Er drückte sich vor Entscheidungen, so lange es ging.

Er überquerte die Kurfürstenstraße zwischen dem Drogenstrich und dem Literatencafé mit der Wiener Kaffeemischung, in dem während der Berlinale gerne illustre Filmempfänge gegeben wurden, zu denen Tonassistenten wie er allerdings nie eingeladen waren.

Am Nollendorfplatz kaufte er sich ein Mineralwasser und eine Minipizza. Er aß und trank und bestellte sich noch ein Wasser. Damit setzte er sich am Winterfeldplatz auf eine Bank und beobachtete eine Weile die jungen Mütter, die sich hier zum Cappuccino trafen. Auf dem Platz lagen noch ein paar Salatblätter vom Wochenmarkt herum. Kleine Kinder spielten Fangen und jagten über die Fläche mit einem Hund, der ein rotes Halstuch trug. Langsam fühlte er sich etwas besser.

Tom hatte ein paar Freundinnen gehabt und auch Affären. Die Anzahl war überschaubar, und er erinnerte sich an jede einzelne von ihnen. Immer hatte er sich verliebt, und der Sex hatte meist auch Spaß gemacht. Sie hatten zusammen gelacht, Zeit miteinander verbracht und sich kennengelernt, waren in den Urlaub gefahren und einmal sogar beinahe zusammengezogen. Warum genau es nie wirklich lange gehalten hatte, konnte er nicht sagen. Man war sich begegnet und hatte sich wieder aus den Augen verloren. Um was es tatsächlich ging, was er wirklich wollte, darüber hatte er nicht nachgedacht. Weshalb auch, es war okay gewesen so. Er stand auf.

Okay genügt nicht, genügt einfach nicht, dachte er.

An der Goltzstraße bog er ab, er hatte keine Lust vor dem Café M auf einen Filmkollegen zu treffen oder auf eine der Schauspielerinnen, über die gerne in den Stadtmagazinen mit Fotos auf der Titelseite berichtet wurde. Er hatte keine Lust, sich zu unterhalten. Er unterquerte den Sozialpalast, der sich über die Pallasstraße spannte, dort, wo einmal der berüchtigte Sportpalast gestanden hatte.

Bei einem seiner allerersten Jobs als Tonassistent hatte er Spax hier kennengelernt. Die Arbeit war endlos, bis weit in die Nacht hinein gegangen, und irgendwann hatten sich damals die Statisten am Set, die seit Stunden nichts mehr zu essen bekommen hatten, einfach über das Catering des Drehteams hergemacht. Die Beleuchter hatten sich beschwert, der Aufnahmeleiter herumgeschrien, und dann waren die Lichter ausgegangen. Irgendjemand hatte am Generator einen Kurzschluss verursacht, weiteres Geschrei, Handgemenge. Der lange Tag war mit Bier von der Produktion zur Gemütsberuhigung zu Ende gegangen, und am Schluss blieben auf der Brüstung über der Pallasstraße in der Dunkelheit ein paar Leute übrig, die einfach nicht nach Hause wollten oder konnten.

Als das Bier alle war, hatte Spax vorgeschlagen, ins Kumpelnest weiterzuziehen. Seitdem waren sie miteinander befreundet.

Tom lief die Potsdamerstraße entlang zum Kleistpark und von dort die langsam ansteigende Hauptstraße hinauf. War das dort oben der Schöneberg? Man sah der Hauptstraße nicht an, dass sie im Monopoly mit zu den teuren Adressen zählte. Viel war im Krieg zerstört worden, und das letzte Mal, dass sich jemand über diese Gegend Gedanken gemacht hatte, war in den Siebzigern gewesen, und es hatte sie nicht schöner gemacht. Der Eindruck der Verwahrlosung und des langsamen Verfalls wurde immer stärker, als er über die Kolonnenbrücke in die Leberstraße einbog. Alles wirkte hier wie an einem Rand. Unscharf, weder Vereinigungs- noch Schnittmenge, sondern einfach nichts, und jetzt, wo alles nach Osten blickte, würde es auch nicht besser werden.

In der Leberstraße zeigte ein Bronzeschild das Geburtshaus von Marlene Dietrich an. *Ich bin, Gott sei Dank, Berlinerin*, stand da. Er las die Inschrift zweimal. Er lebte gerne hier. Er mochte die Stadt, er mochte die Leute. Er dachte an den Brief in seiner Jacke. Die Kraft, ihn zu öffnen, hatte er immer noch nicht.

Spax trat aus seiner Garage in der Torgauer Straße. Er blieb stehen und blickte kurz zurück, ehe er sich Tom zuwandte. Eine Marotte, die er den De-Niro-Turn nannte und die er zu seinem persönlichen Vergnügen versuchte, in jedem Film unterzubringen, für den er als Statist gebucht war, selbst wenn er nur kurz in der Unschärfe zu sehen war. Er hatte inzwischen eine ganz ansehnliche Sammlung unterschiedlichster Szenen, zusammengeschnitten auf VHS: in Polizeikommissariaten, in Krankenhäusern, in Büros, auf Flughäfen, in Supermärkten. Szenen aus Komödien, Dramen, Krimis, die alle eins gemein hatten: einen Statisten im Hintergrund, der sich kurz und professionell umblickte. Das war nicht ohne Humor, fand auch Tom, und wenn man einmal damit angefangen hatte, konnte man gar nicht mehr anders, als immer nur auf die Statisten zu gucken. Man sah die Filme völlig anders, und eine Menge Filme wurden deutlich besser so. Spax hoffte insgeheim auf einen Filmprofessor, aus Marburg zum Beispiel, der auf ihn und sein Markenzeichen aufmerksam werden und ein Buch darüber schreiben würde.

Irgendwie im Bilde. Den Titel hatte er schon.

»Die kleine Tasche kannst du mitnehmen, der Koffer hat keinen Platz. Alles voll mit Wischerblättern.«

»Und das da?«

Tom deutete auf einen großen Jutesack.

»Erdnüsse. Unser Proviant.«

»Erdnüsse?«

»Ja. Hab ich im ›Obst und Gemüse‹ gesehen. Da steht immer einer rum.«

»Wo?«

»Im ›Obst und Gemüse‹.«

»Was ist das denn?«

»Ein Laden in Mitte.«

»In Mitte?«

Für einen Schöneberger mit einer Überzeugung, wie sie nur aus Westdeutschland Geflüchtete hatten, schien es erst einmal undenkbar, den Abend in einer Bar in Mitte zu verbringen. Es ging schon damit los, dass Mitte keineswegs in Mitte, sondern im Osten lag, zumindest von Schöneberg aus gesehen. Spax als gebürtiger Berliner war da etwas elastischer, trotzdem hätte Tom das nicht erwartet. Mir nichts, dir nichts wechselte man nicht die Kneipe und die Seite, und ob es das »Obst und Gemüse« mit dem Kumpelnest aufnehmen konnte, stand auf einem ganz anderen Blatt.

»Und was ist das?« Tom deutete auf zwei gelbe Plüschwürfel, die vom Rückspiegel hingen.

»Glücksbringer. Klassiker.« Er wusste, dass Spax sein letztes Geld zusammengekratzt hatte und sich bei ein paar Leuten verschuldet hatte, um den Wagen zu kaufen. Sein Freund startete immer volle Kanne, und Tom liebte ihn für diese Entschlossenheit, die manchmal fahrlässig wirkte, aber im Gegensatz zu seiner eigenen Vorsicht meist gut aussah.

»Wir haben also ein paar Hundert Wischerblätter und einen Sack Erdnüsse dabei?«

»Plus drei Stangen Zigaretten und jede Menge Tapes. Die hab ich uns aufgenommen, für die Reise.«

»Und damit fahren wir jetzt nach Moskau?«

»Exakt. Und zwar über Warschau, Minsk und Smolensk.«

BIAŁA PODLASKA – AUFBRUCH

Spax steuerte den Datsun mit einer Hand am Lenkrad auf den Berliner Ring Richtung Frankfurt an der Oder. Aus den Boxen kam Tom Petty:

Into the great wide open/Under them skies of blue/Out in the great wide open/A rebel without a clue.[2]

Den Refrain sang er mit. Er öffnete den Erdnusssack, gab Tom eine Handvoll und bediente sich dann selbst. Schweigsam aßen sie die Nüsse. Vor der Grenze zu Polen passierten sie in Schrittgeschwindigkeit auf der Überholspur einen sechzehn Kilometer langen Stau aus Lkws. Einmal hielten sie an und stellten sich zu ein paar Fernfahrern ans Gebüsch. Außer den Lastern wollten nur sehr wenige Wagen nach Osten. Und kein einziger mit deutschem Kennzeichen. Sie passten so gar nicht in das homogene Bild der endlosen Kette aus immobilen Transportern und den schweigenden Männern, die an den Lastwagen standen und rauchten. Sie verschenkten Erdnüsse und boten Zigaretten an. Jemand reichte ihnen zwei Bier.

»Wie lange steht ihr schon hier?«

»Vierundvierzig Stunden«, antwortete einer in gebrochenem Deutsch.

»Und wie lange wird's noch dauern?«

»Das weiß keiner.«

»Wo wollt ihr denn hin?«, fragte sie ein anderer.

»Nach Russland.«

»Nach Russland?«

»Ja.«

Die Fernfahrer sagten nichts weiter. Aber wie bescheuert sie die Idee fanden, war ihnen anzusehen. Tom und Spax tranken schweigend aus, gaben die Flaschen zurück und fuhren weiter.

Am Grenzübergang stand alles still, die Lkws, ihre Fahrer, die Zöllner, fixiert wie in einem Stillleben oder einem mechanischen Panorama, das darauf wartete, durch einen Münzeinwurf in Gang gesetzt zu werden. Spax kurbelte das Fenster runter. Er zündete sich eine Zigarette an und blies den Rauch nach draußen. Man konnte Vögel hören, die ihre Nester unter die Überdachung gebaut hatten.

»Und jetzt?« Er fragte niemand bestimmten.

Endlich winkte ein polnischer Zöllner sie heran.

»Guten Tag, Ihre Papiere?«

»Bitte.«

Während der Mann die Pässe in Empfang nahm, ließ er seinen Blick durch das Auto schweifen, wo es bereits aussah, wie in einem der Affenkäfige des Berliner Zoos. Nach der Fütterung. Überall lagen Erdnussschalen verstreut. Er ließ sich Zeit mit den Transitvisa und den Papieren von Intourist, aber da es nichts zu beanstanden gab, winkte er sie schließlich weiter mit einem Blick, der Spax erneut das Gefühl gab, man bedauere sie. Er gab Gas, und sie verließen diesen Ort absoluter Sinnlosigkeit, und dann waren sie auf einmal hinter dem Eisernen Vorhang, in Polen.

Das Land war flach, feuchter Boden, Kuhweiden rechts und links. Landwirtschaft so weit das Auge sah. Nichts Deprimierenderes konnte Tom sich vorstellen, alles erinnerte ihn an die Trostlosigkeit der Norddeutschen Tiefebene, seiner Heimat zwischen Osnabrück und Oldenburg, mit den Bauern und Metzgern, dem Gras, dem Fleisch und dem Regen und dieser kolossalen Eintönigkeit. Die Leute hier waren sicher genauso katholisch, anständig und ordentlich wie bei ihm zu Hause, und er vermeinte, das Geräusch des Wetzens von Ausbeinmessern zu hören, das ihm seit einem Besuch als kleines Kind in einer der Großschlächtereien dort in Erinnerung geblieben war. Hin und wieder roch es nach Gülle und, wenn sie durch eine Ortschaft fuhren, nach dem beißenden Zweitaktgemisch, das in silbergrauen Wolken aus den kleinen Autos kam, die hier zu sehen waren. Alles wirkte etwas kleiner, gedrungener als westlich der Oder, die Autos, die Straßen, Verkehrsschilder, Strommasten und Häuser. Und da es für Toms Empfinden viel zu wenig dieser zu kleinen Dinge gab und viel zu viel leeren Platz und zu viel Luft dazwischen, wirkte die Welt hier unproportioniert, wie ein Modell oder ein Versuchsaufbau, der nach einer langen Reihe von Analysen, Tests und Messungen schon vor Jahrzehnten verworfen worden war.

Die Bewohner dieser Orte standen am Straßenrand und sahen dem Wagen aus dem Westen nach. Nirgends konnte er ein Geschäft entdecken oder einen Betrieb. Was die Menschen hier taten, was sie antrieb, warum sie unterwegs waren, erschloss sich im Vorbeifahren jedenfalls nicht. Sie standen einfach nur so da. Er war heilfroh, als sie eine Grundschule passierten und das Treiben der Kinder auf dem betonierten Pausenhof zum ersten Mal seit Stunden Geräusche, Bewegung und Gefühle in der Außenwelt erkennen ließ. Hinter Krosniewice fuhr Spax rechts ran, stieg aus und zündete sich eine Zigarette an. Er stand mit dem Rücken zu Tom am Rande der schmalen Parkbucht. Er hob Kieselsteine auf und warf sie in die weitläufige Wiese. Tom öffnete die Beifahrertür und stieg auch aus.

»Soll ich fahren?«

»Nein.«

»Ich mein nur, wenn du dich mal ausruhen willst.«

»Kein Problem, ich fahr schon.«

Tom nahm jetzt auch ein paar Kiesel, und eine Zeit lang versuchten sie beide, einen schief stehenden Holzpfosten der Weideumzäunung zu treffen. Dann stiegen sie wieder in den Wagen, fuhren weiter, und Tom holte den Brief heraus.

Tom,
ich konnte Dir leider nicht eher schreiben. Am Anfang der Behandlung sind die Medikamente zu stark, und man liegt im Bett und kann sowieso nichts anderes tun, als aus dem Fenster zu starren, man will gar nichts anderes tun, außer heulen vielleicht.
Ich war nicht ganz fair zu Dir, dafür will ich mich entschuldigen. Der Abend, an dem wir uns kennenlernten, war mein letzter. Wie das klingt, meine Güte. Ich spürte schon lange,

wie es immer schlimmer wurde mit mir, und ein paar Tage vorher war ich bei meinem Arzt gewesen und habe um eine Einweisung gebeten. Wäre was frei gewesen, wäre ich sofort hin, und wir hätten uns nicht getroffen. Die letzten paar Tage davor waren unglaublich hart für mich. Wenn man ganz tief drin ist im schwarzen Loch und dabei funktionieren muss, das ist unglaublich anstrengend. Arbeiten, lächeln, alles, und das Sprechen erst, das ist die Hölle. Kommunizieren, als Sprechen kann man mein Gestammel und das Herumgefuchtel ja nicht bezeichnen, Hände in der Luft, so nenne ich das.

Hände in der Luft, Mädchen am Boden. Klingt wie der Titel eines der Bilder, die ich hier in der Maltherapie reihenweise produziere und danach, in meinem Zimmer, sofort wegwerfe.

Im Kumpelnest werde ich jeden Abend ungefähr tausendmal angemacht. Keine Nacht vergeht ohne Flirt und Blickkontakt. Sobald mich ein Typ dann anspricht, ist die Luft raus, schlagartig. Die meisten wollen sofort nichts mehr mit mir zu tun haben, ist ihnen zu kompliziert mit einer Gehörlosen. Und mir ist das auch zu kompliziert. Es ist einfach wahnsinnig kompliziert. Und so beschissen peinlich, da wird dann versucht, mit irgendwas Verständnisvollem oder Interessiertem die Biege zu kriegen, ein verlegenes Lächeln, eine Ausrede, ich kenne das und sehe schon gar nicht mehr hin. Ich weiß das alles, und trotzdem macht es mich jedes Mal wieder traurig.

Neulich war mir alles egal. Ich dachte, lass dich ficken, letzter Abend, wer weiß, wann du wieder rauskommst aus der Klapse. Dich habe ich mir ausgesucht, weil ich wusste, dass Du weißt, dass ich … Du weißt schon. Dachte, der macht keinen Ärger. Weiter habe ich nicht gedacht.

Ed hat mir geschrieben, Du hättest nach mir gefragt. Du hast keine Ahnung, wie sehr mich das freut. Du hast keine Ahnung, wie sehr mich das freut. Du hast keine Ahnung ...

Ich komme gerade zurück von einem Spaziergang im Park. Für ein paar Minuten kam die Sonne raus, und manchmal läuft man hier am Waldrand einem Fuchs über den Weg. Die ganze Zeit habe ich nach Worten gesucht, um Dir zu beschreiben, wie es war für mich. Mit Dir. Ich krieg es aber nicht hin. Ganz gleich wie, es klingt immer wie auf einer dieser Sexberatungsseiten aus irgendeiner Teeniezeitung.

Alles war eh schon so durcheinander – und dann das. Ich saß im Zug hier raus zur Klapse, völlig durch den Wind, und ich war glücklich und gleichzeitig so voller Angst, weil das gar nicht sein kann, dass ich so glücklich bin.

Und wenn Dich das verwirrt, der Mist, den ich hier zusammenschreibe, wundert mich das nicht. Inzwischen habe ich geschlafen und Sport gemacht und zwei Stunden Therapie gehabt und Tabletten genommen und geschlafen und gegessen und so weiter ...

Deine Adresse habe ich über Ed und Spax bekommen. Eine Woche schreibe ich jetzt schon an dem Brief, hoffentlich schicke ich ihn auch ab.

Ich möchte Dich gerne wiedersehen, weiß aber nicht, wie und wann und wie das dann gehen soll, aber ich möchte Dich gerne wiedersehen.

Ich weiß nicht, ob ich depressiv geworden bin, weil ich gehörlos bin, oder ob ich einfach gehörlos und depressiv bin. Jetzt weißt Du, was Sache ist mit mir.

Ich schick ihn ab.

Kuss

Nia

Aus dem Beifahrerfenster sah Tom die wild bewachsene Böschung zu einem breiten Kiesbett abfallen und einen träge dahinfließenden Fluss dahinter. Das Gras stand manchmal so hoch, dass es die Sicht hinab verdeckte. Zittergras, der Name, den er dazu parat hatte. Der herbe, saftige Geschmack der Sauerampferblätter kam ihm in den Sinn und ein altes, ganz starkes Gefühl, auf einem niedergetrampelten Fleck inmitten einer Wiese zu liegen, umgeben von kindshohen Gräsern, unsichtbar für die Erwachsenen, nur der Wind und die Wolken im Himmelsausschnitt, den Duft der Wiese in der Nase und Sauerampfer im Mund, ruhig, alleine, glücklich. Er versuchte, sich zu erinnern, wann er das letzte Mal einen Fuchs gesehen hatte.

Er hatte gar nicht gemerkt, dass Spax gestoppt hatte. Sie standen auf einem kleinen unbefestigten Parkplatz abseits der Straße. Er sah zu Spax und dann vorne raus, dahin, wohin sein Freund starrte. Ein paar Wagenlängen vor ihnen stand ein Lkw. Und in der Fahrerkabine versuchte gerade der Fahrer, einer Frau auf dem Beifahrersitz den Pullover über den Kopf zu ziehen. Sie wehrte sich heftig dagegen und schlug wild um sich. Ein paarmal traf sie den Mann im Gesicht. Der lehnte sich nur weiter vor und riss ihr den Pulli vom Leib. Unter dem T-Shirt, das mit hochgerutscht war, konnte man für einen kurzen Moment ihre Brüste erkennen. Er griff wieder nach ihr, sie wich an die Beifahrertür zurück, so weit sie konnte, brüllte ihn an, erwischte ihn mit den Fingernägeln im Gesicht, und er versuchte, ihr eine Ohrfeige zu verpassen. Sie duckte sich weg, zog irgendwo unterhalb der Ablage ruckartig an etwas, und plötzlich füllte sich die Fahrerkabine explosionsartig mit einem weißen Pulver oder Schaum. Wie ein sich aufblähender Marshmallow drängte das Zeug an die Frontscheibe, sodass von den beiden kurzzeitig nichts mehr zu sehen war. Dann wurde die Beifahrertür aufgestoßen, und eine Reisetasche flog heraus. Mit dem Aufprall verteilten sich ein paar der Habseligkeiten auf der Erde. Und in einer weißen Schaumpulverwolke kam die Frau hinterhergesprungen. Sie landete auf den Beinen, verlor kurz das Gleichgewicht und musste sich mit einer Hand am Boden abstützen. Hinter ihr polterte ein Feuerlöscher aus der Kabine und rollte über die weiß gesprenkelte Fläche davon. Das Teil hatte seine Schuldigkeit getan. Die Frau hustete heftig und versuchte, sich das weiße Zeug aus den Haaren zu zupfen. Die Fahrertür öffnete sich und der Fahrer hangelte sich herunter. Obwohl auch er von Hustenkrämpfen geschüttelt wurde, sah man seiner Körpersprache an, dass er mit der Frau noch nicht fertig war. Er kam um den Lkw herum, wo sie gerade damit beschäftigt war, ihre Sachen zusammenzusuchen.

Spax und Tom stiegen aus. Sie gingen auf den Mann zu, der sie erst jetzt bemerkte. Ein paar Meter vor ihm blieben sie stehen. Er blickte sie an, zögerte, und man sah ihn überlegen. Dann machte er kehrt, stieg die zwei Metallstufen zur Fahrerkabine hoch, wo sich der Nebel etwas verflüchtigt hatte, und ließ den Diesel an. Mit einem Hemdsärmel wischte er einen Sichtschlitz in den restlichen Schaum auf der Windschutzscheibe. Er gab Gas, unter dem Zwanzigtonner spritzten die Steine davon, riss das Lenkrad herum, fuhr zwischen ihnen und der

Frau über ein paar der Kleidungsstücke und verließ in einem Neunziggradbogen den Parkplatz.

Die Frau rannte ihm wütend ein paar Schritte hinterher.

»Du Arschloch! Du verficktes Arschloch!«, schrie sie in die Staubwolke hinein, die der Lkw hinterlassen hatte.

Sie kam zurück, sammelte die restlichen Kleidungsstücke ein und wandte sich dann Spax und Tom zu.

»Was ist?«, blaffte sie. »Willst du mir jetzt meine Rechte vorlesen?«

Da erst bemerkte Tom, dass er immer noch Nias Brief in der Hand hielt.

Kurz hinter der Grenze waren Spax die ersten Zweifel gekommen, ob der Plan wirklich aufgehen würde. Was er da Kilometer um Kilometer zu sehen bekam, zog ihn so nach unten, dass ihm die Lust an der Reise, die ihn die letzten Tage beflügelt hatte, langsam verging. Nach Tom Petty hatte er auch das Mitsingen eingestellt, und irgendwann hatte er sogar das Tapedeck abgeschaltet. So desolat hatte er sich den Osten nicht vorgestellt. Wie würde es erst hinter der nächsten Grenze werden, in der Sowjetunion?

Bei einem Zwischenstopp waren sie über einen Wochenmarkt spaziert. Eigentlich wollten sie irgendwo ein Glas trinken, nur gab es weit und breit weder ein Café noch etwas Ähnliches, nicht einmal eine Imbissbude. Früher oder später würden sie diese Orte schon noch finden, sagte er zu sich, auch die Polen mussten ab und an essen, und er war sich sicher, dass es nur an ihnen liegen konnte, wenn sie nicht bemerkten, wo das war. Das Angebot auf dem Markt war so beschränkt auf das Notwendigste, dass ihre Wischerblätter dort wie absoluter Luxus erschienen wären. Der Preis, den er im Kopf hatte, war utopisch. Niemand hier würde auch nur einen Bruchteil davon zahlen – zahlen können –, seine Kalkulation löste sich in Luft auf. Die Kalkulation, die er präzise im Kopf hatte, aus Stückzahl und Verkaufspreis abzüglich aller Vorkosten wie Benzin, Verpflegung, Rundum-Check des Wagens, auf den er sicherheitshalber doch nicht hatte verzichten wollen, Garagenmiete als Zwischenlager für die Wischerblätter inklusive Gratifikation für den Garagenbesitzer, Landkarten – sogar ein kleines Russisch-Wörterbuch hatte er gekauft. Tatsächlich hatte Spax sich ziemlich weit aus dem Fenster gelehnt und bei ein paar Bekannten Schulden gemacht. Wenn das hier nicht klappte, waren seine Optionen erst einmal aufgebraucht. So war er immer stiller geworden, und dass Tom offensichtlich auch keine Lust zu reden gehabt hatte, war ihm nur recht gewesen. Bis hierher war er sehr einsilbig gewesen. Als Tom dann den Brief herausholte, Spax Nias Namen darunter lesen konnte und die Stille im Auto auf einen Dezibelbereich fiel, der einen das eigene Blut in den Ohren hören ließ, fiel es ihm nicht schwer, bei seinem besten Freund Liebeskummer zu diagnostizieren. Wenn das mit Nia ernst war, die Spax sehr schätzte, wegen und trotz ihres wirklich komplizierten Charakters, wenn das wirklich ernst war, hätte jede flapsige Bemerkung die mit hochsensiblen Emotionsquanten verdichtete Atmosphäre im Auto zur Explosion gebracht, das spürte er, so wie ein einfaches Handklatschen genügt, in fein verteiltem Mehlstaub ein Inferno zu entfachen.

Spax hatte sein Fenster geöffnet und versucht, frische polnische Landluft einzuatmen. Irgendwann hielt er an einem Parkplatz, weil er einfach nicht mehr geradeaus fahren konnte. Die Stille, die mittelgraue Monotonie um sie herum und die Last der Wischerblätter hinter und unter ihm. Er konnte nicht mehr.

Als dann das Mädchen in ihren Cowboystiefeln und mit der Louise-Brooks-Frisur derangiert, aber aufrecht in der Löschschaumwolke dem ukrainischen Fernfahrer hinterherfluchte, sah er das als ein Zeichen. Mit derartigen Überraschungen gesegnet, stand ihre Reise doch nicht unter einem so schlechten Stern. Vielleicht war etwas drin für seine Unternehmung, vielleicht ging die Rechnung doch auf.

An eine Weiterfahrt war heute nicht mehr zu denken, Spax wollte nicht in der Dämmerung über die Grenze und in der Dunkelheit durch die Sowjetunion. Er schlug vor, am Fluss zu übernachten.

Das Mädchen marschierte mit ihren Klamotten ans Ufer und wusch sich dort die Haare. Spax nahm die Schlafsäcke und suchte wortlos Treibholz für ein Feuer zusammen. Etwas abseits entdeckte er einen Angler. Es kam auf den Versuch an: Er holte ein Set Wischerblätter aus dem Kofferraum und ging zu dem Mann.

»Hallo«, sagte er.

»*Dzień dobry*«, war die Antwort.

Der Mann erinnerte ihn an Lech Wałęsa, außer Grzegorz Lato, dem Torjäger aus den Siebzigern, der einzige Pole, den er kannte. In einer kleinen Plastikschachtel lagen selbst gefertigte Fliegen, Haken und Köder, im Eimer daneben schwammen ein paar Forellen.

»Do you speak English?«

»Nie.«

Deutsch?

»Nie.«

»Wie läuft's so?«

Und dabei machte Spax eine Bewegung, als werfe er eine Angel aus. Der Mann lachte.

»Stoje tu juz od trzech godzin, ale dopiero teraz zaczely kasac, komary lataja juz nisko,widze, ze zbiera sie na burze.«[a]

Spax nickte. Verstanden hatte er kein Wort. Er deutete auf die Fische, machte dazu Gesten wie in einem Pantomimenkurs – zum Mund, über dem Bauch, zu den Fischen und bis weiter hinten zu Tom, der die Schlafsäcke ausrollte, und dem Mädchen, das am Wasser kniete –, und der Mann lachte wieder.

»Nie nocowalbym tutaj, najpozniej za godzine bedzie burza.«[b]

Spax lachte auch, der Mann war ihm sympathisch. Er zeigte ihm die Wischerblätter und verlangte drei Fische dafür. Der Mann begutachtete das Fabrikat, nickte kurz und holte, immer noch lachend, drei Forellen aus dem Eimer.

»Ich wusste, dass es klappt. Hier, drei fangfrische Forellen für ein paar Wischerblätter.«

Er setzte sich ans Feuer, das Tom endlich in Gang gebracht hatte.

Sein Freund sagte kein Wort. Spax machte sich daran, die Forellen auszunehmen, schnitzte dünne Äste zu Spießen, steckte die Fische drauf und hielt sie schließlich über die Flammen.

So saßen sie eine Weile weiter schweigend beieinander, bis Tom doch endlich das Wort ergriff.

»Sag mal, willst du die jetzt mitnehmen?«

»Keine Ahnung, wieso?«

»Die kommt hier sonst nicht weg.«

»Hab ich noch nicht drüber nachgedacht.«

Der polnische Angler packte seine Sachen zusammen, winkte kurz zu ihnen herüber und verschwand kopfschüttelnd flussabwärts.

»Aber du willst sie doch nicht hierlassen.«

»Dann nehmen wir sie halt mit.«

»Wie denn? Wir haben keinen Platz.«

»Tom, was ist los, soll sie jetzt mit oder nicht, oder was? Außerdem wissen wir gar nicht, ob sie überhaupt mitwill. Und auch nicht, wo sie hinwill. Oder weißt du das?«

»Nein. Aber ich weiß, dass wir keinen Platz für sie haben.«

»Dann bleibt sie eben hier, Mann. Pass auf, dass die Fische nicht verbrennen.«

Das Mädchen kam vom Fluss hoch. Sie trug nur ein Unterhemd über der noch weiß gesprenkelten Jeans. Ihre Haare waren feucht, das Hemd hatte sie ebenfalls gewaschen und hielt es in der Hand, zusammen mit ihrer Tasche und den Stiefeln.

»Das Dreckszeug geht überhaupt nicht raus. Hallo.«

»Hi, ich bin Spax. Und das ist Tom.«

»Hi, Spax, hallo, Tom. Ich bin Tina.«

Sie breitete ihre Sachen vorsichtig am Feuer zum Trocknen aus und setzte sich dann im Schneidersitz zu ihnen.

»Hier.«

Spax reichte ihr einen Fisch am Spieß rüber.

»Echt? Danke. Ich hab seit heute Morgen nichts mehr gegessen.«

Sie lächelte ihn an. Spax musste grinsen. Er stand auf Mädchen mit Pagenschnitt. Er sah zu Tom rüber, aber der starrte nur ins Feuer.

Die Temperatur hatte sich in eine Schwüle verwandelt, die einen dünnen Flüssigkeitsfilm auf der Haut hinterließ. Auch in der Dämmerung wurde es nicht kühler. Vom Wasser kamen die ersten Mücken. Das ferne Glucksen des Flusses war zu hören und das Klatschen von Händen auf nackten Schultern, Oberarmen und Waden. Außer dem Feuer gab es weit und breit keine einzige Lichtquelle. Kein Stern am Himmel. Die Abgeschiedenheit war vollständig.

Als die Fische fertig waren, zerteilte Spax sie mit seinem Taschenmesser. Sie schmeckten köstlich. Dazu gab es Erdnüsse aus dem Vorratssack. Aus ihrer Tasche holte Tina zwei Dosen Bier. Eine trank sie, die andere teilten sich Spax und Tom.

Von einer Minute auf die andere waren die Mücken verschwunden und nichts störte mehr das perfekte Bild der drei Gestalten am Feuer. Man erwartete jetzt versöhnliche Worte, das Einsetzen von Musik und eine Abblende.

Stattdessen warf Tina ihre leere Dose in die Dunkelheit, wo sie über die Kiesel am Ufer schepperte.

»Mir ist das zu still hier. Ich glaube, es regnet bald. Kann ich im Auto pennen?«

»Klar, ist offen.«

»Danke. Nacht, Jungs.«

Sie sammelte ihre Kleidungsstücke ein und stieg die Böschung hoch.

»Was ist?«, fragte Spax kurz darauf.

»Nichts?«, kam es von Tom zurück.

»Was schaust du dann so?«

»Ich schau nicht.«

»Na dann.«

»Viel hat sie ja nicht gesagt.«

»Mehr als du.«

Das Feuer war runtergebrannt. Tom stocherte in der Glut herum. Der dünne Stab, auf dem seine Forelle gesteckt hatte, entzündete sich dabei immer wieder. Die Flamme hielt er Spax hin für eine Zigarette.

»Ein bisschen mehr Kommunikation mit meinem Beifahrer hab ich mir schon vorgestellt.«

»Ich kann ja auch mal fahren.«

»Tom, hör auf hier rumzuzicken! Seit wir aus Berlin weg sind, verbreitest du eine Stimmung wie aus dem Permafrost.«

»Ich hätte nicht mitfahren sollen. Das war ein Fehler.«

Spax zog an seiner Zigarette. Der Wind hatte aufgefrischt und blies den Rauch zum Fluss und darüber hinweg in die Dunkelheit und über die Grenze nach Weißrussland. Es wurde kühler.

»Das war kein Fehler. Es war das Beste, was du machen konntest. Nia ist nicht zum ersten Mal in Behandlung. Die kommt wieder. Es dauert, aber sie kommt wieder, glaub mir, vor allem, wenn sie dir schreibt. Mann, ich kenne niemanden, dem sie je geschrieben hat, du kannst dich glücklich schätzen. Was für eine tolle Frau. Alter, weißt du das? Wenn sie wieder da ist, brauchst du deine gesamte Energie, das garantier ich dir. So angestrengt hast du dich noch nie, wie du dich bei der Dame anstrengen musst. Sie hat dir geschrieben, Mann. Nia! Junge!«

Tom sah ihn an.

»Und bis dahin kannst du ruhig wegfahren und ein bisschen entspannen, dir ein bisschen anderen Wind um die Nase wehen lassen, ein bisschen deinem Freund helfen, der, wenn er das Zeug nicht loswird, so was von in der Scheiße sitzt, dass er sich zu Hause gar nicht mehr blicken zu lassen braucht. Du kannst dich also ruhig mal ein bisschen mit deinem Freund hier unterhalten und vielleicht auch ein kleines bisschen mit dem Rest der Welt.«

Tom erwiderte Spax' Blick. Dann musste er lachen. In diesem Moment brach das Unwetter los. Ein Blitz erhellte das Gelände einen kurzen, klaren Moment, wie bei einem Erinnerungsfoto, und der Donner folgte so direkt darauf, dass das Gewitter unmittelbar über ihnen sein musste. Sie packten die Schlafsäcke und rannten, so schnell sie konnten, über Steine und Gras bis hoch zum Wagen. Sie rissen die Türen auf und warfen sich total durchnässt auf die Vordersitze. Tina auf der Rückbank schreckte hoch und blinzelte die beiden an.

»Was ist?«

»Schlaf weiter.«

»Das Gewitter?«

»Ja.«

»Ich hab's euch ja gesagt.«

Wieder begann Tom zu lachen. Sie drehte sich um und rollte sich wortlos in ihre Jacke ein. Sie war über und über mit Erdnussschalen bedeckt. Spax starrte sie einen Moment an, und jetzt musste auch er lachen. Das Wasser lief an ihnen herab, ihre feuchten Schlafsäcke dampften in der Wärme des Wagens, und die Scheiben beschlugen, während der Regen mit unverminderter Heftigkeit auf die Karosserie prasselte. Spax schlug seinem Freund auf die Schulter, ihr Lachen verebbte langsam und endete in einem Blickwechsel: verschwörerisch, verbunden, vertraut.

Sie versuchten, es sich für die Nacht bequem zu machen, schraubten die Lehnen der Sitze so weit herunter wie möglich, ohne Tina zu stören, und wickelten sich in ihre Schlafsäcke. Spax lag so, dass er Tinas schlafendes Gesicht zwischen den Sitzen sehen konnte. Er dachte an Kirsten Mahler, ein Mädchen aus dem Architekturstudium, in dem Spax aus Versehen fast gelandet war. Nach dem Abitur hatte er »breit gestreut«, wie er es nannte, und sich für mehrere Studiengänge angemeldet, von denen bekannt war, dass Mädchen dort die Mehrheit bildeten: Theaterwissenschaften, Erziehungswissenschaften und so weiter, und zur Krönung des Ganzen: Architektur. Wieso er mit einem Notendurchschnitt von 3,5 einen Studienplatz ausgerechnet für Architektur und an der TU Berlin bekommen hatte, wusste allein der Algorithmus der ZVS. Er war handwerklich nicht ungeschickt. Und Architekt klang gut. Er hatte sich bis dahin mit hohem Wirkungsgrad durchs Leben laviert, minimaler Aufwand, maximaler Spaß war die Devise gewesen. So in etwa sah er auch die nächsten Jahre, nur auf höherem Niveau. Sein bisheriger Erfahrungshorizont beschränkte sich auf Mädchen aus dem Wedding, aus Schöneberg und Kreuzberg. An der Uni spekulierte er diesbezüglich auf Anschluss an den Rest der Welt. Ihm schwebte das bekannte Bild vom unbeschwerten Studentenleben vor, entspannt den schönen Dingen zugewandt, losgelöst von Zwang, Druck und Leistung. Wenn dann noch en passant ein Beruf dabei heraussprang, umso besser. Als aber am ersten Studientag die zweihundert Architekturnovizen die Treppen zum Zeichensaal hochstürmten, um einen der guten Plätze am Fenster zu ergattern, wurde ihm klar, dass nicht alle so dachten wie er. Die, die zuletzt den Zeichensaal betraten, demonstrativ nicht vorne dran, versammelten sich in einer Ecke, wo man sich zu zwölft die drei letzten Tische teilte. Stühle gab es gar keine mehr. Während im Raum bald konzentrierte Stille herrschte und die Rapidographen über das Transparentpapier kratzten, standen die Übriggebliebenen, Spax unter ihnen, rauchend herum, Brüder und Schwestern im Geiste, und beschlossen die erste Party. Es gab eine Menge hübscher Mädchen im Semester, bei Kirsten war es der Pagenschnitt ihrer fast schwarzen Haare, der ihm im Meer der Kommilitonen sofort aufgefallen war. Seit einer Louise-Brooks-Retrospektive bei den Freunden der deutschen Kinemathek im Arsenal war er fixiert auf diesen Typ.

Kirsten saß ganz am Ende des Zeichensaals, bei den Pullunderträgern, eine Ecke, in die er sich nie verirrte, und auf den Partys, die sie nun fast schon gewerblich organisierten, um die Mietkosten der Fabriketage bezahlen zu können, tauchte sie auch nie auf. Er hatte eine Affäre mit dem Mädchen mit den blauen Haaren und mit dem Mädchen, das *Fire Escape* hinten auf ihre Bomberjacke geschrieben hatte. Im alten Hörsaal in »Entwerfen 1« wanderte sein Blick aber immer wieder zu Kirsten und ihrem Pagenkopf. Eines Nachts hielt auf dem Kaiserdamm Kreuzung Leibnitzstraße ein blauer VW-Bus neben ihm, und während er mit seinen Kumpels noch über das Konzert der Comsat Angels im Loft am Nollendorfplatz sprach, von dem sie gerade kamen, erkannte er die Fahrerin, erkannte er Kirsten direkt neben sich. Er verstand das als schicksalhafte Fügung und reagierte spontan. Er sprang aus dem Wagen, ließ die verblüfften Freunde fahrerlos mitten auf dem Kaiserdamm zurück, wo die Ampel eben auf Grün sprang und ein Hupkonzert einsetzte, und klopfte bei Kirsten Mahler an die Seitenscheibe. Der Rest des Abends verlief nicht ganz nach Plan. Obwohl Kirsten ihn sehr mochte, ging ihr das alles zu schnell und durcheinander, wie sie sagte, und für ihre erste richtige Beziehung hätte die schüchterne Norddeutsche gerne einen etwas durchschnittlicheren Burschen gehabt. Folgerichtig heiratete sie später einen Bauingenieur, der gern gestreifte Hemden trug. Da hatte Spax sich auf seinem Weg durch die Unvorhersehbarkeiten des Lebens schon weit von allen Universitäten entfernt und Kirsten aus den Augen verloren. Zweimal hatte sie ihm geschrieben, einmal ein Foto ihres zweiten Sohnes beigelegt und einmal nur so. Er dachte, wie er sich wohl machen würde als Ehemann von Kirsten Mahler mit kleinem Eigenheim in einem Dorf zwischen Kiel und Flensburg am Küchentisch beim Krabbenpulen, während er Tina betrachtete, die mit ihrem blassen Gesicht und dieser hinreißenden Frisur auf der Rückbank tief und ruhig atmete, inmitten eines polnischen Gewitters, das auf sie, auf ihn und seinen besten Freund niederging, kurz vor der russischen Grenze.

E30 – EISERNER VORHANG

Ganz langsam setzte die Morgendämmerung ein, eine fast bedächtige Aufblende, die niemanden erschrecken sollte und Zeit gab, für das Kommende ein, zwei gefühlsmäßige Vorbereitungen zu treffen.

Das Mädchen auf der Rückbank zuckte ein paarmal im Traum, begleitet von einem Stöhnen oder Wimmern, so leise, dass es bei dem noch immer heftigen Regen kaum zu hören war. Spax' tiefes Atmen zeigte, dass auch er fest schlief.

Tom lag wach, schon die ganze Nacht.

Das unmittelbare Gewitter hatte sich gegen zwei Uhr verzogen, und er hatte dann der Feuchtigkeit draußen gelauscht, den Geräuschen des Waldes und des Flusses. Das Leuchten der winzigen Digitalziffern der Uhr im Armaturenbrett erhellte schwach sein Gesicht, in einem Rot, das an eine Wunde erinnerte oder an Magma in einer Erdspalte, wo sich Farbe aus der Schwärze schälte.

Er konnte einfach nicht einschlafen, es war zu unbequem in dieser halb sitzenden, halb liegenden Position, zu eng und zu dicht an den anderen. Er schlief sowieso schon schlecht, und mit Fremden in geschlossenen Räumen war es nahezu unmöglich.

Zuerst zeichneten sich die Wipfel des Fichtenwaldes gegen den Himmel ab. Die ersten Farben waren auch dort auszumachen, ein dunkles Blau, dann Azur, und dann spürte er die erste Andeutung vom Rot der bald aufgehenden Sonne, die sich durch die winzigen Wassertröpfchen und Staubteilchen mit der Himmelsfarbe zu Magenta mischte. Er konnte ein schwaches Orange unterscheiden, und am Rand, im Übergang, einen schmalen, kaum abzugrenzenden Streifen Violett, so satt und kräftig, dass es in seinen müden Augen fast schmerzte. Schon lange hatte er keine Morgendämmerung mehr in der Natur erlebt.

Etwas später ging dann die Sonne auf. Groß und rot leuchtete sie ihm mit einer Wucht ins Gesicht, mit der sie die letzten Stunden über den asiatischen Kontinent gefegt war. Er stieg aus und ging zum Fluss hinunter, wo er sich das Gesicht im eiskalten Wasser wusch und die Zähne putzte. Er blieb am Ufer sitzen. Den Schlafsack hatte er mitgenommen und ausgebreitet, in der Hoffnung, die Morgensonne würde ausreichen, ihn richtig zu trocknen. Im schattigen Wasser standen Forellen reglos in der Strömung, eine grün schillernde Libelle ließ sich auf einem Stein in seiner Nähe nieder, um sich zu wärmen. Er dachte an Nia und daran, dass er ihr auch einen Brief schreiben könnte.

»Wo ist denn Tina«, hörte er auf einmal Spax vom Auto her rufen.

Tom lag am Wasser. Anscheinend war er eingenickt und hatte doch ein paar Stunden geschlafen. Die Sonne stand weit vorgerückt am Vormittagshimmel. Er rappelte sich auf und kam vom Ufer zum Parkplatz hoch.

»Keine Ahnung.«

»Einfach abgehauen. Unglaublich, die Frau ... So, zum Frühstück gibt's erst mal Erdnüsse, aber dann in Russland Milch und Honig. *Let's go east, young man!*«

Sie waren ein paar Minuten unterwegs, als sie das Mädchen sahen. Tina stand an der Straße und hielt den Daumen raus. Sie stoppten neben ihr. Tom kurbelte das Fenster runter.

»Wo willst du hin?«

»Nach Moskau!«

»Nach Moskau?« Er stutzte einen Moment und sah zu Spax rüber.

»Warum bist du heute Morgen einfach abgehauen?«

»Ist doch wohl meine Sache.«

»Willst du mit?«

»Nein, ich muss nach Moskau.«

Ein polnischer Wagen näherte sich, verlangsamte, etwas erstaunt über den ungewohnten Anblick der jungen, hübschen Frau am Straßenrand und das West-Auto neben ihr. Tina lief winkend auf den Wagen zu, der, Schlimmstes befürchtend, sofort beschleunigte, auf die Gegenfahrbahn auswich und davonschoss.

»Scheiße!« Sie zündete sich eine Zigarette an. Spax stieg aus, stellte sich zu ihr und bekam von ihr Feuer.

»Sag mal, du glaubst doch nicht im Ernst, dass dich von hier aus einer bis nach Moskau mitnimmt.«

»Nee, aber an die Grenze. Und jetzt zischt ab, sonst hält hier nie einer. Die denken ja sonst was.«

Tom schaltete sich wieder ins Gespräch ein.

»Komm, lass uns fahren.«

»Einen Moment«, und an Tina gewandt fragte Spax sie noch einmal: »Willst du jetzt mit? Wir bringen dich zur Grenze. Ist nicht mehr weit.«

Sie nahm einen letzten Zug, warf die Kippe weg, blies Tom den Rauch ins Gesicht und stieg wortlos hinter ihm ein.

»Ein Dreck ist das hier. Wer hatte denn die großartige Idee mit den Nüssen?«

»Ich natürlich. Wieso?«, Spax begann lauthals zu lachen.

Tina schüttelte den Kopf. Ein paar Vögel waren das, aber immerhin würde sie ihrem Ziel ein wenig näher kommen. Sie schloss die Augen und die Bilder der letzten Wochen kamen wieder hoch.

Sie sang *Ich bin von Kopf bis Fuß auf Liebe eingestellt* noch zu Ende, übersprang den Rest des Programms einfach und hörte wie immer mit *Lili Marleen* auf. Was die drei Gestalten, die noch an der Bar rumhingen, davon mitbekamen, war nicht auszumachen. Eigentlich hätte sie nach Mitternacht noch einmal ein Set singen müssen, aber nicht ohne Zuhörer. Die letzte lang gezogene Textzeile verlor sich ungehört an den Wänden mit der nachgemachten Patina, den nachgemachten Art-déco-Applikationen und den nachgemachten Zeitungsausschnitten aus den Zwanzigerjahren. Mit der Fernbedienung knipste sie den CD-Spieler für die Begleitmusik aus und warf die Federboa aufs Klavier, das unbenutzt neben ihr auf der

Bühne stand. Sie zog die billigen Schuhe mit den hohen Absätzen aus und kam barfuß von der Bühne. Das paillettenbestickte Kleid aus dem Theaterfundus hatte seitlich einen langen Riss. Man konnte sich damit ganz gut bewegen. Sonst hätte sie es sich wahrscheinlich auch ausgezogen.

»Einen Russki-Standard, Ingo.«

Der Mann an der Bar stellte den Wodka vor sie auf den Tresen und zählte langsam ein paar Zwanziger und Zehner ab.

»Stimmt so.«

»Bitte?«

»Das war's, Tina. Keine Show mehr. Vielleicht zur nächsten Saison.«

»Ich hab 'nen Vertrag.«

Es gab keine Antwort, so wie es keine Saison gab. Tina trank den Wodka aus und hatte für einen kurzen Moment das Gefühl, in ernsthafter Gefahr zu sein. Das dünne Eis, auf dem sie sich seit Jahren bewegte, in all den Engagements seit ihrem Abgang von der Schauspielschule, dieses dünne Eis hatte ein hässliches, knackendes Geräusch gemacht. Sie hatte es deutlich gehört. Sie nahm das Geld und ging nach hinten, um ihre Sachen zu holen.

Von dem Altberliner Ausflugslokal in der Nähe des Charlottenburger Schlosses bis zu ihrer Zweizimmerwohnung am Südstern war es zu Fuß weit mehr als eine Stunde. Sie verzichtete auf die Nachtlinie, nicht weil sie ihr letztes Geld dafür nicht ausgeben wollte, sondern weil sie hoffte, Nacht und Regen würden ihr guttun gegen das Schwindelgefühl, das ihr immer wieder wie ein schwacher elektrischer Schlag aus dem Nacken kommend durch den Körper fuhr. Als sie den Kurfürstendamm in der Nähe des Adenauerplatzes überquerte, blieb sie kurz stehen und sah sich um. Sie vermisste ein paar Neonreklamen. Alles war auf dem Weg nach Osten. Auch die Lichter. In den Gründerzeithäusern in der Düsseldorfer Straße brannte keine einzige Lampe. Der alte Westen schlief langsam ein, vertrocknete und verstaubte wie die Zimmerpflanzen der Studienräte in den parkettbelegten Durchgangszimmern mit den vier Meter hohen, stuckverzierten Decken. Sie konnte singen. An ihr lag es nicht, dass keine Gäste mehr kamen. Seit der Maueröffnung fuhren jetzt alle ins Havelland, in den Spreewald oder an die Seenplatte und nicht in eine heruntergewirtschaftete Westkneipe, an der nichts echt war. Busweise ging das Programm jetzt nach Mitte in die Hinterhöfe, in die Clubs ohne Namen und in die Ballhäuser ohne Lizenz, wo alles so »authentisch« wirkte. Chansonsängerinnen waren da nicht vonnöten und wenn – auch im Osten gab es sie wie Sand am Meer.

An den Yorckbrücken wich sie von ihrer Route ab, bog in die Mansteinstraße und betrat das Ex und Pop.

Ich versteck mich, sitz in meinem Loch/Und warte auf die Träume, die mich retten. Kommen nicht/Liebe ist ein Scheiterhaufen/Auf dem ich langsam, aber sicher/Von innen her zum Rand verbrenne.(3)

Die Neubauten donnerten aus den Lautsprechern. Tina konnte in der Dunkelheit nicht viel erkennen, die Akustik verriet ihr aber, dass es hier genauso leer war wie dort, wo sie herkam. Das Ex und Pop hatte eine Bühne, auf der man auftreten konnte, und einen halb abgetrennten Raum mit Kicker. Tische gab es keine und an der Bar stand auch niemand. War es noch zu früh oder schon zu spät?

»Pete!«, rief sie, mehrmals.

Sie ging hinter die Bar und schob die Tür zum Vorratsraum auf. Und da, in der Ecke zwischen den Getränkekisten, saß er an die Wand gelehnt, spindeldürr im Nadelstreifendreiteiler, die Füße von sich gestreckt, der Kopf vornübergesunken. Er atmete langsam.

»*The bar is yours*«, sagte Pete.

Mühsam hob er dabei seinen Kopf. Er lächelte und begann eine Geste mit der Hand, die unvermittelt abbrach, zu früh, als dass man irgendeinen Sinn darin hätte erkennen können. Einen Moment noch hielt er die Hand wie vergessen vor sich hin, dann ließ er sie ganz langsam und sanft neben sich herabsinken und schloss die Augen, die nächste Stunde würde er in sich selbst verbringen. Tina ging an die Bar und schenkte sich einen Wodka ein.

Vielleicht ist nur entzündet/Vielleicht ist nur entzündet/was da brennt/An Stelle meiner Seele/An der Stelle meiner Seele/Meine Seele brennt!(3)

Sie drehte die Anlage noch lauter. Sie trank ihr Glas leer, schenkte nach, trank, stellte das Glas in die Spüle und verließ das Ex und Pop, das vor ein paar Jahren noch ihr Mittelpunkt der Welt gewesen war.

Niemand war auf der Straße, während sie unter den Yorckbrücken durchging. Die Brücken waren für sie ein besonderer Ort, seit sie zum ersten Mal die Reihe der niedrigen und wuchtig wirkenden, genieteten Stahlträger passiert hatte, am Tag ihrer Ankunft aus Westdeutschland. Ihre Schule für die Gesangs- und Tanzausbildung hatte dahintergelegen und war die erste Übernachtungsmöglichkeit gewesen. Damals hatten die Brücken wie ein Versprechen gewirkt, ein Bild für alles, was da kommen würde. Die Triumphbögen von Berlin, fast immer hatte sie sie lauthals singend durchquert.

Am Yorckkino blieb sie stehen und betrachtete die Plakate in den Schaukästen. Akira Kurosawas *Träume, Der mit dem Wolf tanzt, Stanno tutti bene – Allen geht's gut.*

»Stanno tutti bene«, murmelte sie. Sie konnte sich nicht mehr erinnern, wann genau sie gemerkt hatte, dass es nicht mehr weiterging in ihrem Leben.

Ihre Wohnung lag im gesichtslosen Niemandsland zwischen dem guten Teil von Kreuzberg, dem schlechten Teil von Kreuzberg und Neukölln, dem schlechten Teil Berlins. Je nachdem, aus welcher Richtung man in diese Gegend kam, hatte man das Gefühl, dass es nach oben ging oder nach unten. Aus der Richtung, aus der sie kam, war es zweifellos ein Abstieg.

Vielleicht hätte ich öfters umziehen müssen, dachte sie.

Jedem Engagement, das sie angenommen hatte, war das Ende schon eingeschrieben. Immer war alles befristet gewesen, ganz selten mal hatte es einige wenige Zusatzvorstellungen gegeben oder ein Folgeprojekt. Und was ihr am Anfang in den aufregenden Jahren nach der Ausbildung so viel Energie gegeben hatte, die vielen Vorsprechen, die unentwegten Proben an eigenartigen Orten, alles beseelt vom großen Geist des Schaffens, dem behütenden Gefühl, Teil eines Werks zu sein, und der ewigen Hoffnung, gesehen zu werden, das alles verursachte jetzt eine große Müdigkeit in ihr, eine Lähmung fast. Der größte Teil der Kraft floss mittlerweile in das Bemühen, einen Grund zu finden, morgens die Wohnung zu verlassen.

Sie öffnete die Haustür, ging über den Hof, ohne das Licht anzumachen, und stieg die vier Treppen hoch zu ihrer Zweizimmerwohnung im Seitenflügel des Quergebäudes. Fünfzehntausendmal war sie diese Treppen schon hochgekommen und noch immer wunderte sie der Anblick der Schuhe vor einigen Türen. Manche Leute, dachte sie, wissen einfach nicht, wo ihre Wohnung zu Ende ist.

»*Stanno tutti bene*«, murmelte sie vor sich hin.

Beim Eintreten beschlich sie zum dritten Mal in dieser Nacht das Gefühl, an einem Ort zu sein, an dem zu wenig Menschen waren. Sie schaltete das Flurlicht an und bemerkte sofort, dass Leonids Jacken nicht an der Garderobe hingen und außer ihren Turnschuhen keine weiteren am Boden standen. Sie betrat das Schlafzimmer, sah das unbenutzte Bett, die leer geräumten Fächer in dem aus Ziegelsteinen und Bauholzbohlen improvisierten Kleiderregal und die leere Stelle, wo er seine Armeetasche immer abgestellt hatte.

In der Küche war seit Wochen der Lichtschalter defekt. Licht gab es nur aus dem Flur. Sie hielt ein Glas unter den Durchlauferhitzer, suchte einen Beutel Kräutertee, drückte ihn ins Wasser und blickte sich um. Auch hier war nichts mehr von Leonid zu spüren. Er hatte alles mitgenommen.

Auf dem Tisch lag ein Stück Papier, aus einem Notizbuch gerissen.

Liebe Tina, stand da, *ich muss zurück nach Moskwa. Tut mir leid. Leonid.* Daneben lag das Deutsch-Wörterbuch, das sie ihm einmal bei Woolworth gekauft hatte. Und ein Kugelschreiber. Sie dachte einen Moment nach, dann stand sie wieder auf und ging noch einmal durch die Wohnung, den Waschlappen holen mit ihrem Ersparten, den sie hinter dem Heizkörper im Bad versteckt hatte. Sie durchsuchte das kleine Jugendstilnachtkästchen, das sie sich von einer ihrer ersten Gagen auf dem Flohmarkt am 17. Juni gekauft hatte, und sie öffnete alle Schubladen ihres Schreibtischs.

Als sie wieder in der Küche stand, wusste sie, was Leonid alles mitgenommen hatte, die alte Digitaluhr, die sie sich zu ihrem dreizehnten Geburtstag gewünscht hatte, den Walkman und ihr gesamtes Geld, fast tausend Mark. Ihren Schmuck mit dem Ring ihrer Großmutter, an dem sie so hing, hatte er dagelassen.

Sie setzte sich an den Tisch. Ihr Blick fiel auf das bei Seite 673 aufgeschlagene Buch. Seite 673, bemerkte sie, war genau die Mitte in diesem Deutschen Wörterbuch.

Sie las: *krakelig, Krakelschrift, Kralle, krallen, Kram – a) mehrere wertlose Gegenstände, b) umgangssprachlich persönliche Dinge, c) als lästig empfundene Angelegenheit –, Krampf, krampfartig, krampfen sich, Krampus, Kran, kranen, Kranich, krank, kranken, kränken, Krankenanstalt, Krankenbericht, Krankengeld, krankenhausreif, Krankenkost, Krankenlager, krankenversicherungspflichtig, krankhaft, Krankheit.*

Ich fange jetzt nicht an zu weinen, dachte sie, während sie darauf wartete, dass der Tee im Glas langsam abkühlte. Ich fange jetzt nicht an zu weinen.

Ein paar Nächte war sie für eine Freundin eingesprungen und kellnerte wieder wie früher. Die allabendliche lautstarke Präsentation hochgestimmter Erwartungen der vielen Schauspielschüler aus der nahe gelegenen Akademie tat ihr aber nicht gut und der Wirt konnte sie natürlich nicht übernehmen, als ihre Freundin wieder zurückkam.

Sie nahm jedes entbehrliche Stück aus Kleiderschrank, Plattensammlung und Bücherregal und verkaufte es auf dem Flohmarkt am Fehrbelliner Platz. Mehr als die Standmiete, ein Mittagessen und fünfunddreißig Mark kamen aber nicht zusammen. Sie telefonierte ihr Adressbuch durch, meldete sich bei Kollegen zurück, sprach noch einmal bei all den Agenten vor, in deren Agentur sie es nie geschafft hatte, und bei den wenigen Regisseuren, mit denen sie in ihrer Karriere zu tun gehabt hatte. Mit jedem Anruf wurde sie einsamer. In dieser Welt rief man nicht an, man wurde angerufen.

Sie bekam nicht einmal einen dieser Halsabschneiderkredite bei ihrer Hausbank. Der Angestellte, der sie vor Jahren bei der Aussicht auf Premiereneinladungen respektvoll und ausgesprochen höflich behandelt hatte, sah jetzt bei ihr keine einzige Bedingung der Kreditwürdigkeit erfüllt.

Es schien, als wäre ihr Auftritt zu Ende. Ihr Publikum war schon gegangen. In der Dunkelheit war einer nach dem anderen aufgestanden, hatte seinen Mantel geholt und sich verabschiedet, ohne dass sie es gemerkt hätte.

Nur ihre Mutter würde sie nicht anrufen.

Dann wurde sie krank. Sie lag zwei Wochen im Bett mit einer äußerst schmerzhaften verschleppten Nierenbeckenentzündung. Sie hatte viel Zeit, nachzudenken. Sie starrte auf den beigen Nesselstoff, den sie bei einer Theaterproduktion vor neun Jahren erworben und zu Vorhängen verarbeitet hatte. Sie starrte auf die Stereoanlage, die ihr ihr Vater zum fünfzehnten Geburtstag geschenkt hatte und die zum Glück immer noch funktionierte. Sie starrte auf die Reihe gelber Reclam-Heftchen, alles dramatische Werke, zerlesen und mit unzähligen Notizen vollgekritzelt, Regieanweisungen und Probenergebnissen. Und sie starrte an die Decke, wo sie bei ihrem Einzug zu Beginn ihres Studiums ein Tuch über die nackte Glühbirne gebunden hatte. Auch das war noch da.

In diesem jämmerlichen Licht hatte sie ihre Zeit verbracht.

Bei der Suche nach Teebeuteln, die hinter die Anrichte gerutscht waren, fand sie eine Postkarte an Leonid, auf der Wohnblocks einer Siedlung in Moskau abgebildet waren. Den kyrillischen Text konnte sie nicht entziffern, aber das mit Kugelschreiber angebrachte Kreuz an einer Wohnung auf der Karte, das hatte sie entdeckt.

Mit der Karte und einem Tee legte sie sich wieder in ihr Bett. Sie war nicht ganz allein verantwortlich für die miserable Situation, in der sie sich befand. Aus der depressiven Traurigkeit meldete sich eine Wut, eine Wut, die immer stärker wurde, je mehr sie nachdachte. Sie griff zum Telefon und wählte die Nummer einer Freundin.

»Hallo, ich bin's, Tina, kannst du mir ein bisschen Geld leihen?«

Kurz darauf war sie losgefahren.

BREST AM BUG – ÜBERGANG

Nach ein paar Minuten war *Brześć nad Bugiem* auf einem Hinweisschild zu lesen und darunter: *Брест*.

»Brest am Bug«, übersetzte Spax.

Mit den anderen Schildern, allesamt in polnischer und russischer Sprache, konnten sie nichts anfangen. Klar war, die Grenze war nicht mehr weit. Sie fuhren noch ungefähr zwei Kilometer, dann wurde die Straße vierspurig, und kurz darauf passierten sie wieder die ersten Lkws, die sich auf der rechten Spur in Richtung Grenzübergang stauten. Das Areal weitete sich, als hätte jemand alle Kulissen abgerissen. Es gab nur noch Ebene. Kein Strauch und kein Baum störte das Gefühl der Unermesslichkeit des Ostens. Alles sah aus, wie es aussehen sollte, wie es aussehen musste. Die polnische Zollstation lag vor ihnen, zusammengenietet aus Stahlplatten, ehemals blassgrün gestrichen, jetzt wie vermodert oder angeschimmelt. Dahinter der Fluss Bug, über den sich die Grenzbrücke spannte bis zur russischen Seite, und dort eine identische Kopie der Kontrollstation diesseits des Flusses. Und in der Ferne die Festung der Sowjetunion, die Heldenstadt, die Stadt des Friedensschlusses, das Tor zum Osten, ein Stück aus den Geschichtsbüchern, ein Name im Gedächtnis, in gelbgrauem Dunst aus Fabrikschloten, die Silhouette von Brest.

»So Jungs, danke für den Lift. Ich kann hier nicht noch länger stehen und gaffen, ich habe noch ein Stück vor mir. Viel Glück bei was auch immer ihr vorhabt. Ich muss hier jetzt raus.«

Tina stieg aus dem Wagen und marschierte mit einer halbherzigen Abschiedsgeste, ohne sich noch einmal umzudrehen, auf die Grenzer zu, in einer wilden Zielstrebigkeit, die Spax und Tom nicht einordnen konnten.

»Die geht tatsächlich zu Fuß rüber.«

Spax starrte ihr hinterher.

»Unglaublich. Warum hast du ihr nicht gesagt, dass wir nach Moskau fahren?«

»Warum hast du's ihr nicht gesagt?«

»Keine Ahnung. Die hätte uns eh nicht geglaubt.«

»Besser so. Wer weiß, was die für Papiere hat. Wahrscheinlich hätte es nur Schwierigkeiten gegeben.«

»Nach Moskau trampen? Und ich dachte, wir wären verrückt.«

Als sie an die polnische Grenzstation heranfuhren, war von Tina nichts mehr zu sehen. Sie stiegen aus, benutzten die Toilette dort und setzten sich dann in den kleinen Imbiss. Da sie weder die Karte lesen konnten noch auch nur ein Wort der freundlichen Angestellten verstanden, deuteten sie auf die Töpfe hinter der Theke, in denen Bockwürste und Sauerkraut zu sehen waren. Die Würste schmeckten hervorragend. Sie bestellten jeweils noch eine

Portion und blieben dann bei Kaffee und einer Zigarette sitzen und wären noch länger sitzen geblieben, zufrieden in wortlosem Einvernehmen, wenn ihnen nicht die Welt mit einer kleinen Störung im Gefüge klargemacht hätte, dass es weiterging, dass es wie immer weiterging. Die Kellnerin brachte unaufgefordert die Rechnung an ihren Tisch, eine lächerliche Summe. Sie zahlten und traten wieder hinaus.

Der polnische Grenzbeamte bat sie in gebrochenem Deutsch um ein paar Erdnüsse, während er ihre Papiere prüfte. Sorgfältig öffnete er die Schalen und kaute die Nüsse mit anerkennendem Nicken. Er beugte sich in den Wagen, deutete mit einem prüfenden Blick sein Bedauern an, dass sie ihr schönes Auto nicht sauber hielten, und gab ihnen die Pässe zurück.

Auf der Brücke über den Bug waren alle Tafeln und Verkehrsschilder mit kyrillischen Lettern beschrieben. Sie waren unterwegs in eine neue, fremde Welt, und allem haftete bereits etwas Unaufhaltsames, Schicksalhaftes an, dem auch Tom sich ergeben hatte, in einer Mischung aus gespannter Angst und dem guten Gefühl, dass dies die richtige Art des Reisens war.

»Jetzt wird's ernst«, meinte Spax und steuerte auf eine Gruppe uniformierter und schwer bewaffneter Rotarmisten zu. Er stoppte den Wagen. Die Soldaten starrten das Auto aus dem Westen an und machten keinerlei Anstalten, irgendetwas zu unternehmen. Spax blickte zu Tom, der mit den Schultern zuckte. Dann stiegen beide aus, Spax mit den Pässen und allen Reisedokumenten in der Hand. Eine Unmenge Soldaten standen hier herum und untersuchten unter dem Vordach mit zeitlupenartigen Bewegungen die Lkws über den Kontrollgruben. Sie benutzten Spiegel und anderes seltsames Werkzeug, das mit Fäden oder Schnüren oder Blechen an Stangen befestigt war, und stocherten damit in und unter den Wagen herum. Alles ging wortlos vonstatten. Weiter passierte nichts. Spax wusste nicht, was zu tun war. Niemand sagte, niemand verlangte etwas.

Er ging zu der Gruppe rauchender Soldaten.

»Entschuldigung, wir sind auf dem Weg nach Moskau und müssen heute Abend in Minsk sein. Können Sie mir sagen, was wir hier zu tun haben, wo wir uns melden müssen?«

Die Männer starrten ihn verständnislos an. Und Spax wurde klar, dass er, Tom und das Auto hier wie Außerirdische wirkten. Weit und breit gab es nur Lastwagen, und die waren alle aus dem Ostblock. Auch wenn er es nicht glauben wollte, waren sie womöglich die allerersten Menschen aus dem Westen, die privat und mit Pkw an diesem seltsamen Ort auftauchten.

»Excuse me, do you speak English? Where do I have to show my passport, please?«

Und weil wieder niemand reagierte:

»Passport, passaporte, Tourist.«

Einer der Männer nickte jetzt und deutete auf eine der Baracken unter der Überdachung.

»Паспорт? Там отдайте.«[c]

Spax bedankte sich und ging rüber zu der Kontrollbaracke. Die Tür stand offen, und in dem Büro, das aussah, als ob ein Filmarchitekt ohne Budget versucht hätte, einen Vorkriegszustand herzustellen, saß ein Mann in einem nagelneuen, fast leuchtend blauen Jeansanzug hinter einem Schreibtisch und aß Fisch aus einer kleinen Dose. Das Öl tropfte auf die Tischplatte. Da war nichts sonst in dem Büro, außer dem Mann, dem Stuhl, dem Tisch und dem Fisch. Der Geruch im Raum war beißend, und Spax vermutete eine giftige chemische Ausdünstung von den beschichteten Wänden. Er klopfte an den Türrahmen und winkte mit den Pässen.

»Entschuldigung. Hier sind unsere Papiere. Wir sind Touristen aus Deutschland, mir wurde gesagt, ich soll mich hier melden.«

Der Mann sah hoch und wies Spax mit einem Blick und einem Kopfnicken an, die Papiere auf den Tisch zu legen. Er zog ein Formular aus einer Schublade und schob es ihm hin, mit der Geste, es auszufüllen.

Spax starrte auf das hektografierte Blatt. Beidseitig stand es voller kyrillischer Lettern, Spalten, Kästchen, Freiflächen, die wohl ausgefüllt werden sollten, so man Russisch lesen konnte. Keinerlei Erklärung auf Englisch oder Deutsch oder in irgendeiner anderen Sprache. Der Mann stand auf, nahm die Pässe und übrigen Dokumente von Intourist und verließ ohne eine Erklärung den Raum. Zurück blieb Spax, ratlos.

TINA

Es war ihr nicht unangenehm gewesen, wie er sie vom Vordersitz aus betrachtet hatte. Weder taxierend noch in irgendeiner Form anmachend. Es lag etwas Friedliches in seinem Blick, und das hatte sie als beinahe wohltuend empfunden. Sie genoss die Aufmerksamkeit, sie wurde angesehen, und wieder stellte sie fest, wie sehr ihr das fehlte. Sie hielt die Augen geschlossen. Als er endlich einschlief, war es an ihr, ihn anzusehen. Er wirkte wie ein kleines Kind, und das erinnerte sie an Leonid, der im Schlaf genauso ausgesehen hatte.

Leonid. Sie dachte, sie hätten einander geliebt. Sie dachte, sie wären ein Paar. Warum er einfach verschwunden war, blieb ihr ein Rätsel. Für einen Moment wusste sie nicht, ob sie wütend sein sollte oder traurig, und dann kamen die Tränen und sie kniff die Augen zusammen, weil sie nicht wollte, dass einer von den Jungs auf den Vordersitzen es bemerkte.

Sie verstand es nicht. Wie mit ihren Engagements gab es auch bei den Beziehungen keinen Bestand, nichts hielt, nichts dauerte an. Fehlende Bereitschaft konnte man ihr nicht vorwerfen, sie war immer voll dabei. Sie drücke alles an die Wand, meinte eine ihrer Schauspielkolleginnen einmal, lasse keine Luft. Wahrscheinlich wolle sie in Wirklichkeit gar keine Beziehung, unterbewusst. Als Antwort war Tina damals einfach aufgestanden und hatte wortlos das Café verlassen. Freud für Einsteiger, Seite vierzehn. Das, was man halt zu hören bekam, wenn man sein Herz ausschüttete, vormittags in einem Berliner Café. Was hatte sie erwartet. Mitgefühl? Wenn man hier einen traf, dem es noch schlechter ging, bedauerte man den oder diejenige nicht. Dann war man froh. Es blieb immer noch Luft nach unten.

Einen Mann, einen Freund, nichts mehr als das wollte sie. Trotzdem dachte sie seitdem über ihren Überschwang und ihre Offenheit nach. Wenn sie sich verliebte, dann total. Rosarot war gar kein Ausdruck, wenn, dann Regenbogen, und zwar zum Anfassen. Ihre Gefühle lagen außen, eins zu eins, das wusste sie, deshalb war sie Schauspielerin geworden. Sie hatte es parat, die ganze Palette lag vor ihr, und sie zeigte sie. Wozu sollte es gut sein, Gefühle zurückzuhalten in der Liebe? Das war ein Widerspruch in sich.

Ihre Freunde, ihre Liebhaber hatten da andere Ansichten. Fast immer waren es die Jungs gewesen, die die Beziehungen beendet hatten, wie oft hatte sie »ich brauche mehr Zeit für mich« oder ähnlichen Unsinn gehört. Eine der Standardausflüchte, vor allem, wenn man jemand anderen gefunden hatte, trotzdem häufte es sich bedenklich in ihrer Biografie. Es zog sich wie ein Grundthema durch ihr Leben als Erwachsene. Mit Leonid war es anders gewesen, und das hatte sie gerettet, denn so konnte sie sagen, dass es die deutschen Männer waren, mit denen sie nicht klarkam, die mit ihr nicht klarkamen. Leonid war einer, der auf den Tischen tanzte. So wie sie. Sie hatten sich in einer Kneipe kennengelernt, wo die Schauspieler mit dem Team nach einer gelungenen Generalprobe feierten. Leonid arbeitete für die Baubühne des Theaters und war ihr bis dahin nicht weiter aufgefallen. Sie hatte den ganzen Abend vor Aufregung und Glück und energetischem Überschuss herumgezappelt. Er hatte unter dem Tisch eine Hand auf ihren Oberschenkel gelegt und sie angelächelt. Sie schliefen miteinander, es gefiel ihr, wie er roch, und sie hatte einen Orgasmus. Das war ihr noch nie passiert in der ersten Nacht mit einem Kerl. Am nächsten Morgen und auch in den folgenden Wochen und Monaten war alles anders. Es war großartig. Es sah aus, als hätte das Zukunft.

Morgens hörte sie den Kleinen aussteigen und zum Fluss runtergehen. Sie wartete noch einen Moment, bis er außer Sichtweite war, nahm ihre Tasche und die Jacke, mit der sie sich zugedeckt hatte, und ging vor zur Straße. Dort zündete sie sich eine Zigarette an. Der Tag würde warm werden. Insektensummen, ein ganz schwacher Wind in den Bäumen und in der Ferne, da wo sie die Grenze vermutete, ein Zug. Sie rauchte die Zigarette zu Ende. Kein Auto weit und breit.

Sie nahm ihre Tasche und ging am Straßenrand genau an der Schattenkante entlang. Während sie ihre Schritte zählte, beobachtete sie ihren Schatten auf der Straße, in Polen, kurz vor der Sowjetunion.

Sie passierte ein Schild, das die Grenze in sieben Kilometern ankündigte. Sieben Kilometer, das kann ich zur Not auch laufen, dachte sie, und dann musste sie weinen. Sie stellte ihre Tasche ab, ein großer, hohler Schmerz zog ihr vom Bauch über die Brust bis in den Hals, eine Welle, so heftig, dass sie sich im Stehen noch zusammenkrümmte, die Hände vor dem Gesicht, und weinte und weinte.

Sie wusste nicht, wie lange sie so zugebracht hatte. Irgendwann ließ das Ziehen nach, und Tränen hatte sie auch keine mehr, sodass sie sich endlich aufrichten konnte. Sie strich sich mehrmals durch die Haare und setzte ihre Sonnenbrille auf. Sie streckte sich, die Straße lag jetzt ganz in der Sonne, und wenn ein Wagen aus der Gegenrichtung vorbeigekommen wäre, wäre sie wieder nach Hause gefahren.

Die wenigen Polen fuhren alle an ihr vorbei, der erste Wagen, der hielt, war der der beiden Spinner mit dem Berliner Kennzeichen. Sie hatte keine Lust auf Begleitung, sie hatte keinerlei Lust auf eine Unterhaltung, aber eine Entscheidung war ihr abgenommen worden, und als sie an die Grenze kamen, hatte sie wieder eine Ahnung, warum sie unterwegs war. Außerdem wollte sie sich vor den beiden keine Blöße geben. Aus den hintersten Winkeln ihres Willens sammelte sie ein wenig von der Kraft zusammen, die sie für die Castings, die Bewerbungen und für die wenigen Momente, in denen sie auf die Bühne getreten war, gebraucht hatte. Sie hätte sich gern bei den beiden bedankt, fürchtete aber, dabei wieder weinen zu müssen.

Sie spürte, wie sie ihr hinterherstarrten, und es tat ihr leid, sich so abweisend und undankbar zu verhalten, aber sie musste einfach auf sich aufpassen.

Die Geschichte, die sie sich zurechtgelegt hatte, war am polnischen Teil der Grenze nicht im Ansatz vonnöten. Sie musste lediglich ihren Pass mit den Transitvisa für Polen und dem Touristenvisum für Russland zeigen und wurde durchgewinkt. Den Grenzbeamten schien sie nicht weiter zu interessieren. Sie lief über die Brücke, ganz allein im strahlenden Sonnenschein, und musste plötzlich lachen. Wo war nur der Eiserne Vorhang geblieben? Das hier war so absurd, so seltsam, dass es in keinem Drehbuch durchgegangen wäre.

Auf der russischen Seite des Flusses ging sie einfach weiter, vorbei an Militärlastwagen, vorbei an rauchenden Soldaten, von denen keiner älter als neunzehn schien, vorbei an abgestellten Lastwagen und traurigen Zollgebäuden. Für diese Situation gab es anscheinend keinerlei Anweisungen. Eher erstaunt als alarmiert setzten sich ein paar der Grenzsoldaten hinter ihr in Bewegung, genauso verblüfft wie sie über das, was sich hier abspielte. Das Ganze wirkte wie eine Improvisationsübung, und sie hoffte, dass sie nicht im falschen Film gelandet war und jetzt von hinten erschossen wurde. Beim besten Willen, Perestroika konnte doch nicht heißen, dass man einfach so in die Sowjetunion spazierte! Sie ging weiter und wartete darauf, dass etwas passieren würde.

»Стой! Иди сюда!«[d]

Erleichtert blieb sie stehen. Die Soldaten deuteten mit ihren Kalaschnikows auf eine der Baracken, aus der ein Offizier trat. Tina ging lächelnd auf ihn zu und hielt ihm ihre Papiere hin. Der Offizier drehte seine Mütze in den Händen, ehe er ihren Pass und die beigelegten Formulare in Empfang nahm, und sah sie skeptisch an.

»Hello«, begann sie, *»I'm on my way to Moscow, to see a friend. Leonid Beresinow. He lives there. We do know each other from Berlin, where he had stayed with me for the last months. In my passport you find the tourist visa and everything from Intourist Berlin.«*

Tina lächelte zuversichtlich. Der Mann musterte sie unverwandt. In der Zwischenzeit zählte sie die kleinen bunten Rechtecke, die als Platzhalter für Orden an seiner Brust hingen. Siebenundzwanzig Stück, ein hohes Tier.

»Пожалуйста, входите.«[e]

Sie verstand kein Wort, wollte aber ihre Papiere nicht aus den Augen lassen und folgte ihm in das Büro. Dort bedeutete er ihr, Platz zu nehmen.

»Danke.«

Er setzte sich ihr gegenüber, nahm die Formulare aus dem Pass und studierte jede Seite des Dokuments gründlich, blickte mehrmals vom Pass auf und in ihr Gesicht, und für einen Moment fragte sie sich, an welcher Stelle der Mann zweifeln könnte, am kürzlich gemachten Foto oder an ihr selbst. Dann nahm er sich die Unterlagen von Intourist vor und las jeden Bogen von vorne bis hinten durch. Schließlich lehnte er sich zurück und sah sie an. Das Ganze erinnerte sie an die Methoden des Actors Studio. Stanislawski versus Strasberg an der russischen Grenze. Die Situation war ihr aus unzähligen Schauspielübungen vertraut. Hier war sie zu Hause. Sie hielt dem Blick des Offiziers ohne Schwierigkeiten stand, lächelte und konzentrierte sich auf ihre Atmung. Einatmen, ausatmen, einatmen, ausatmen, und alle Energie wanderte in den Blickkontakt, in ihr Lächeln und den mantrahaft wiederholten Gedanken: Er glaubt mir, er glaubt mir, er glaubt mir.

»Warum sind Sie nicht mit dem Zug gefahren, wie Sie es hier angegeben haben?«, fragte der Offizier in perfektem Deutsch.

»Wie bitte?«

»Warum Sie nicht mit dem Zug gefahren sind, wie hier angegeben?«, wiederholte er ganz ruhig, keine Veränderung war in seiner Stimme zu hören, keine Regung in seinem Gesicht zu sehen.

Das Letzte, was sie hier erwartet hatte, war ein Russe, der Deutsch sprach. Sie fühlte sich überrumpelt, und plötzlich bekam sie Angst. Angst, dass sie nicht weiterkommen würde, Angst, dass man sie einsperren könnte, Angst vor russischen Offizieren, die Deutsch sprachen.

»Die Bahnfahrkarte war viel zu teuer. Ich musste mir Geld leihen, um eine zu kaufen, man bekommt das Visum ja nur, wenn man nachweist, wie man reist. Ich habe auch ein Hotel gebucht in Moskau. Das Ticket war mit Reiserücktrittsversicherung. Als ich das Visum hatte und das Zeug von Intourist, hab ich das Ticket wieder zurückgegeben und bin getrampt.« Ehrlichkeit schien ihr die einzige Möglichkeit. Nur wenn sie ganz offen war, hatte sie eine Chance. Sie wusste, sie würde sonst gleich zurückgeschickt werden. Sie brauchte etwas Glück.

»Ich werde in Moskau auch nicht in das Hotel gehen. Das kann ich gar nicht bezahlen. Ich gehe zu Leonid Beresinow, das ist mein Freund. Er hat mit mir gelebt in Berlin.«

»Wenn Sie kein Geld haben und kein Ticket, dann können Sie in die Sowjetunion nicht einreisen.«

»Ich habe natürlich ein bisschen Geld, es wird schon reichen. Ich muss da nicht betteln oder so, wenn Sie das meinen«, und sie legte ihr Bares vor ihn auf den Tisch, knappe einhundertfünfzig Mark. »Und in Moskau bekomme ich Geld von Leonid. Er schuldet mir noch was. Eine ganze Menge sogar.«

»Wie wollen Sie denn nach Moskau kommen?«

»Trampen.«

»Trampen ist verboten in der Sowjetunion.«

»Ich weiß. Ich weiß das. Ich wollte eigentlich auch in Deutschland schon jemanden erwischen, der nach Moskau fährt, oder in Polen. Ich hatte sogar jemanden. Mit einem Transporter, einem Lastwagen. Irgendwelche Zahnkränze aus Baden-Württemberg für … Ich weiß nicht mehr. Aber der Kerl wollte von mir … Also, das ging nicht, ich musste aussteigen. Ich dachte, ich finde hier vor oder an der Grenze jemanden, der mich mitnimmt.«

»Ich fürchte, das geht nicht.«

Der Offizier sprach immer noch unverändert ruhig und bestimmt. Sie rückte ganz an die Tischkante vor: »Hören Sie, bitte! Ich muss nach Moskau. Mein Visum ist gültig, ich habe alle Papiere, und die Gebühren sind bezahlt. Ich muss zu Leonid, der ist einfach abgehauen, nach Moskau, ohne ein Wort zu sagen, und hat mein Geld mitgenommen, mein gesamtes Geld und meine Sachen.«

»Wo wohnt dieser Leonid?«

»Ich weiß nicht genau. Hier.«

Sie reichte ihm die Postkarte mit dem Wohnblock und dem Kreuzchen. Er nahm sie, betrachtete das Bild lange und las dann den Text. Er sah sie an. Zum ersten Mal registrierte sie so etwas wie eine kleine Regung in seinem Gesicht.

»In Moskau wohnen acht Millionen Menschen, offiziell. Wissen Sie, wie viele dieser Blocks es dort gibt?«

Tina sah ihn an.

»Können Sie Russisch?«

»Nein.«

»Wissen Sie, was auf dieser Karte steht?«

»Nein.«

»Wissen Sie überhaupt, von wem diese Karte ist?«

Sie schüttelte den Kopf. Darüber hatte sie nie wirklich nachgedacht.

»Sie ist von seiner Frau.«

Tina lehnte sich langsam zurück. Sie starrte auf den Grenzbeamten. In ihrem Blick Traurigkeit, Enttäuschung, aber vor allem Wut. Der Offizier machte eine kleine Pause, ehe er weitersprach.

»Ich weiß nicht, was dieser Leonid Ihnen angetan hat, ich weiß nicht, was er Ihnen erzählt hat. Ich weiß nicht einmal, ob es ihn gibt.« Er schob ihr die Karte über den Tisch. »Sie haben ein gültiges Visum für die Sowjetunion für genau zehn Tage. Sie müssen sich in Ihrem Hotel in Moskau Dienstagabend bis spätestens dreiundzwanzig Uhr melden und Ihre Dokumente dort abgeben.« Er machte einen Stempel in Tinas Pass, noch einen und einen weiteren auf den Papieren von Intourist. »Wenn Sie sich dort nicht melden, wird man nach Ihnen suchen. Man wird Sie finden und ins Gefängnis stecken, Sie verhören und Sie dann nach Deutschland zurückschicken. Das gesamte behördliche Verfahren kann lange dauern, und es wird sehr teuer werden. Sie haben sehr viel Glück, denn hier verändert sich alles, die Vorschriften, die Gesetze. Jeden Tag kommen neue dazu und alte gelten nicht mehr, wir haben damit sehr viel zu tun und deshalb können wir nicht mehr alles so genau kontrollieren, wie wir es früher getan haben, und wenn jemand als Beifahrer in einem Lastkraftwagen sitzt, der aus Polen kommt, wie in diesem hier«, er deutete ohne hinzusehen aus dem Fenster, wo ein Schwertransporter stand und der Fahrer mit ein paar Grenzsoldaten rauchte und lachte, »und die Papiere sind in Ordnung, lassen wir ihn weiterfahren, denn wir haben unser Land geöffnet, wir haben Glasnost und Perestroika, und wir freuen uns, wenn die Menschen kommen und unser schönes Land besuchen und in Kontakt kommen mit unseren Bürgern. Wir freuen uns, wenn Bürger unserer Nationen Freundschaften bilden. Die neue Zeit macht Angst, aber auch Hoffnung. Auf Wiedersehen. Und denken Sie daran. Melden Sie sich immer rechtzeitig. Bitte.«

Wie betäubt ging Tina auf die Gruppe Männer an dem Lastwagen zu. Den Blick hatte sie auf den Boden gerichtet, auf die Fertigbetonplatten und die Gräser in den Fugen dazwischen. Ihr war schwindlig, sie schmeckte etwas Bitteres am Gaumen. Sie wusste nicht, was hier geschehen war. Eigentlich hatte sie nur einen Satz richtig verstanden. Die Karte war von seiner Frau. Danach hatte sie nicht mehr zugehört. Die Soldaten rückten auseinander, als sie näher kam. Der Fahrer des Lkw schaute sie skeptisch an, dann bemerkte sie, wie sein Blick zu der Baracke wanderte, wo der Offizier am Fenster stand und ein Zeichen gab.

»Fahren Sie nach Moskau?«

»*Москва? Да.*«[f]

»Kann ich mitfahren?«

»*Да.*«

Tina kletterte auf der Beifahrerseite behände nach oben in die Fahrerkabine und schloss die Tür. Der Fahrer ließ den Motor an und fuhr langsam aus der Grenzstation Brest in östliche Richtung davon.

Wie lange er dagesessen hatte, wusste er nicht. Spax füllte das Formular aus, so gut er konnte: Name, Autokennzeichen und sogar die Fahrgestellnummer. Mithilfe seines kleinen Wörterbuchs verglich er die Buchstaben, C bedeutete S, B bedeutete W, H bedeutete N, P bedeutete R, viele waren am Ende doch den lateinischen ähnlich. Er fand heraus, dass man einige russische Wörter verstehen konnte, wenn man sie laut las. Er konnte das Wort »Gewicht« entziffern, das Wort für »Passport« und die Datumsfelder für »Einreise« und »Ausreise«. Am Ende war er recht stolz auf sich. Der Mann mit dem Jeansanzug tauchte allerdings nicht mehr auf. Es war unfassbar leise hier. Spax wartete noch eine Weile, stand dann auf und trat vor die Tür. Draußen sah er Tom am geöffneten Kofferraum ihres Wagens stehen. Und um ihn herum eine Traube Soldaten.

»Was ist los?«, rief er.

»Die haben die Wischerblätter entdeckt.«

»Und?«

»Ich glaube, sie wollen welche haben.«

»Klar wollen sie. Sag ich doch die ganze Zeit!«

Der Jeansmann stand direkt vor der Klappe. Spax reichte ihm das ausgefüllte Formular. Der nahm es beiläufig entgegen, zeigte in den Kofferraum und machte mit den Händen eine Geste für dreißig Stück. Spax schüttelte den Kopf, griff hinein, holte zwanzig Kartons heraus und hielt sie dem Mann hin.

»Okay. Okay. Bitte. *Spasibo.* Danke!«

Der Jeansanzug nahm die Sets entgegen und reichte sie mit dem Formular an einen Soldaten weiter.

»*Отнеси в мой кабинет. Подпиши и поставь большую круглую печать. Поживее.*«[(g)]

»*Быстро!*«[(h)]

Dann gab er Spax die Pässe und Intourist-Dokumente zurück, lächelte und hielt den Daumen hoch. Spax antwortete mit einem freundlichen Nicken und schloss den Kofferraumdeckel. Der Grenzer zeigte quer über den Platz auf ein Schild. *Пункт обмена валюты*[(i)] stand da und darunter ganz groß: *Марки, доллары.*

»*Марки, доллары*«, las Tom laut vor. »*Марки, доллары?*«

»P ist R«, erklärte Spax, »und das Pi-Zeichen da ist ein L. Das umgedrehte N ein ... Mark und Dollar. Ganz einfach. Wir müssen wechseln. Wir haben verstanden, Genossen!«

Er nickte fröhlich in die Runde. Einer der Grenzsoldaten begleitete die beiden Freunde auf ein Zeichen des Jeansmanns zu einer Baracke. Durch eine schmutzige Kunststoffscheibe konnte man das Innere der Wechselstube erahnen. Sie war leer, und auf dem Tisch lag ein kleines Blechschild mit kyrillischen Lettern.

»Niemand da«, sagte Tom.

»Daran werden wir uns gewöhnen müssen«, erwiderte Spax, der nicht vergessen hatte, wie lange er allein in dem Büro gesessen hatte.

In diesem Moment erschien der Soldat, der sie herbegleitet hatte, durch eine Tür an der Rückseite. Er stellte seine Kalaschnikow in die Ecke, zog sich einen Stuhl ran und hängte das Schild ins Fenster. Jetzt war *открыто* zu lesen.

»Offen«, las Tom

»Dein Russisch wird immer besser.«

Der Soldat schob eine Scheibe zur Seite und reichte Tom, der am nächsten stand, ein weiteres Formular.

»Hier steht auf Deutsch, dass es verboten ist, ausländische Währungen in die Sowjetunion einzuführen, und dass es verboten ist, Rubel einzuführen, und dass es verboten ist, in der Sowjetunion Geld zu tauschen.«

Tom legte einen Hundertmarkschein auf die Ablage vor sich. Der Soldat nahm den Schein, prüfte ihn, indem er einmal kräftig daran zog, und da er dabei nicht zerriss, ließ er ihn in einer Eisenkassette verschwinden.

»Weg isser.«

»Das geht schnell in Russland.«

Der Soldat nahm ein kleines Blatt Papier und schrieb mit einem sehr kurzen Bleistift winzige kyrillische Buchstaben darauf, Zeile für Zeile. Dann griff er unter die Ablage und holte einen Schuhkarton hervor, in dem sich bündelweise alte, abgenutzte Rubelnoten befanden. Er schob die Notenbündel zu Tom rüber, holte einen weiteren Karton hervor und noch einen. Vor Tom im Wechselstubenfenster türmte sich schnell ein Geldstapel, der ihn an Dagobert Duck erinnerte.

»Dafür haben wir doch gar keinen Platz im Wagen.«

»Was ist das denn für ein Kurs? Eins zu dreitausend, oder was?«

»Keine Ahnung.«

Sie mussten beide lachen, als sie versuchten, sich die

Rubelbündel in die Taschen zu stopfen. Der Soldat reichte Tom den kleinen Zettel, der jetzt vollständig beschrieben war. Tom konnte auf die Schnelle nur das heutige Datum und eine Zehn erkennen.

»Was denn jetzt noch?«

»Gebühren, was weiß ich.«

Er schob dem Mann einen Zehnrubelschein hin. Der schüttelte den Kopf.

»Нет!«

»Das heißt nein.«

»Das weiß ich auch! Aber was will er dann?«

Tom machte eine fragende Geste.

»*Марки, доллары*«, antwortete der Soldat.

»Echtes Geld. *Marki, Dollary.*«

Tom verstand und gab dem Mann zehn D-Mark, die der sofort in der Brusttasche seiner Uniform verschwinden ließ. Ein kleiner Windstoß blies den handgeschriebenen Beleg von der Ablage in die Wechselstube, wo er unbeachtet von dem Soldaten in einer dunklen Ecke seinen Platz für die Ewigkeit fand.

»So läuft das hier, natürlich. *Spasibo.*«

Sie nahmen die restlichen Banknoten, grüßten kurz und gingen zurück zum Auto.

»Wenn man keine Devisen mitnehmen darf, wie bezahlt man dann das Schmiergeld?«

»Mit *Marki* und *Dollary.*«

Spax setzte sich ans Steuer. Tom verstaute die Geldbündel im Fußraum und unter dem Beifahrersitz. Sie zündeten sich Zigaretten an.

Dann kam der Jeansmann ans Seitenfenster, noch immer lächelnd. Spax bot auch ihm eine Zigarette an. Sie rauchten, sprachen dabei kein einziges Wort, grinsten und nickten sich gelegentlich zu in einer Gemeinsamkeit, einer kleinen, aber brauchbaren Gemeinsamkeit wie unter ehemaligen Schulkameraden. Aus dem Zollbüro erschien der Soldat und gab dem Jeansmann das Formular. Der warf einen prüfenden Blick darauf, nickte kurz, reichte Spax das Papier ins Auto, klopfte ihm auf die Schulter und wandte sich ab.

»*Счастливого пути.*«[j]

Spax ließ den Wagen an, legte den ersten Gang ein und steuerte in einer leichten Linkskurve aus dem Grenzkontrollareal. Er schaltete hoch, beschleunigte, und sie fuhren, begleitet vom rhythmisch schlagenden Geräusch der Betonplatten auf einer Schnellstraße der Union der Sozialistischen Sowjetrepubliken in Richtung Moskau.

Spax riss die Hände in die Höhe und schrie immer wieder: »Ich hab's gewusst. Ich hab's gewusst. Ich hab's immer gewusst!«

BERLIN, NOVEMBER '89 – VERWERFUNG

»Du glaubst es nicht, da steh ich da mit den anderen, die Mauer ist auf, und es stinkt schon kolossal nach Zweitakter, und alle jubeln und schreien und fallen sich um den Hals, und es stinkt immer mehr, weil immer mehr Trabants und Wartburgs rüberkommen, und man sieht schon gar nichts mehr in dem Drecksqualm, und überall nur diese Spießer, die aussehen wie ihre eigenen Eltern in ihren mittelbeigen Allwetterjacken und den verwaschenen Jeans. Und ich wollte schon gehen, dachte, Tom hat recht, im Kumpelnest ist mehr los als auf dem Todesstreifen, da seh ich plötzlich diese langbeinige blonde Ostgranate rüberkommen, und in dem Moment macht für mich die Wiedervereinigung Sinn.« – Das war Spax' ganz persönlicher Eindruck vom politischen Erdbeben des 9. November 1989. Er stand neben seinem besten Freund am Tresen des Kumpelnest 2000 und bestellte per Fingerzeig vier Bier. So hatte alles angefangen.

»Komm, setz dich zu uns. Es sind schließlich auch deine Brüder und Schwestern.«

Spax drückte Tom zwei Bier in die Hand, nahm die anderen und marschierte über den stählernen Tanzboden auf die Couchgarnitur zu, wo seine persönlichen Ostler saßen.

»Leute, das da ist Tom, mein Kumpel aus Schöneberg. Tom, darf ich vorstellen: Antonietta und Rolf aus Pankow.«

»Antonietta hört sich aber gar nicht nach Pankow an«, sagte Tom und gab zuerst ihr und dann ihrem Begleiter die Hand.

»Hi, Rolf.«

Tom registrierte die identischen Ringe an den Händen der beiden. Er nickte Rolf kurz zu und nahm einen Schluck aus der Flasche. Ihm wurde klar, dass er gerade im Zuge des Zusammenwachsens der beiden Deutschlands nicht nur seine ersten Ostberliner kennenlernte, sondern auch zum ersten Mal einen Typen, der mit zweiundzwanzig schon verheiratet war und einen Oberlippenbart trug.

Er ließ nicht locker.

»Das ist doch ein italienischer Name.«

»Ja, ich weiß.«

Es klang wie eine Entschuldigung, Antonietta fühlte sich in der Defensive. Typisches Provinzlerverhalten. Tom kannte das, ihm war es ganz ähnlich ergangen, als er neu in die Stadt kam. Auch wenn Pankow nicht wirklich Provinz war, sondern lediglich Ostberlin. Doch das reichte in diesen Tagen, um als Provinzler zu gelten. Genau genommen waren für Westberliner damals alle, die nicht aus Westberlin kamen, Provinzler, und das obwohl die meisten Westberliner in Wahrheit selbst aus Orten stammten, für die man eine Lupe brauchte, um sie auf einer ordentlichen Straßenkarte zu finden. Ein paar Wochen in der ummauerten Stadt genügten jedem Zugezogenen bereits, um diesen Weltstadtdünkel anzunehmen und überzeugend vorzutragen. Es sollte sich noch herausstellen, dass sich die Menschen aus dem Osten – warum auch immer – von vornherein in der Defensive fühlten, ahnungslos und unterlegen. Manche sollten dieses Benehmen schnell ablegen, andere nie. Diese Menschen nannte man dann Ossis. Sie deckten sich in der freien Marktwirtschaft ganz schnell mit Videorekordern, Farbfernsehern und Gebrauchtwagen ein und ließen sich Lebensversicherungen und Ratenkredite aufschwatzen, und kurz darauf verloren sie ihre Arbeit.

»Tom geht gerne steil«, warf Spax ein, der nicht wollte, dass sein Freund unfreundlich rüberkam. »Steilgehen« sagte Antonietta nichts, den Ausdruck verstanden nur Berliner Berufsjugendliche.

»Der Name ist aus einem italienischen Film.« Sie lächelte ein wenig. Sie saß vorgebeugt, beide Hände um die Bierflasche, und presste die Knie zusammen. Tom ließ sich nicht täuschen. Während ihre Körpersprache »hilf mir« signalisierte, musterten ihre Augen ihn wach und einschätzend. Ganz schön drauf, die Alte, dachte er.

»Sophia Loren war die Hauptdarstellerin. Sie verliebt sich in Marcello Mastroianni. Meine Mutter fand den Film so schön. Daher hat sie mich so genannt.«

Antonietta hatte natürlich mit Italien nichts am Hut, ihre Eltern auch nicht. Das war in der DDR auch schlecht möglich gewesen. Sie hatten den Ettore-Scola-Film gesehen, mit einer hinreißenden Sophia Loren in der Hauptrolle, und daraufhin beschlossen, eine zukünftige Tochter nach der Frau zu nennen, die am Tag des Hitlerbesuches in Rom als Einzige im ganzen Viertel nicht zur Jubelparade gegangen war. Tom mochte den Film sehr. Die Loren spielte keine aufrichtige Antifaschistin, sondern eine überarbeitete Hausfrau, die einfach froh war, für ein paar Stunden ihre Ruhe zu haben. Wegen eines entflogenen Wellensittichs lernte sie Marcello Mastroianni kennen, und zwischen den Bettlaken, die auf dem Hausdach in der warmen römischen Luft trockneten, entspann sich eine Romanze. Zwei Übriggebliebene, ein kleines Glück, ein Traum. Antonietta. Dem Namen war ein Versprechen mitgegeben. Tom nickte ihr zu.

»Ich kenne den Film«, sagte er, *»Una giornata particolare. Ein besonderer Tag.«*

Das Fernweh hatte eine ganze Generation mit Namen versehen, das glaubte Tom da zu verstehen. Bei Rolf vermutete er, dass dessen Eltern einfach kein Westfernsehen gehabt hatten. Er beließ es dabei. Ihm machten große Frauen eh Angst, und Antonietta hielt ihn sicher für ein angeberisches Arschloch, so wie sie ihn ansah.

»Rolf hat mir eine Tastentelefonanlage mit Nebenstellen, Anrufbeantworter und Anklopfmodus besorgt und angeschlossen. Für umme«, meinte Spax.

»Wozu brauchst du in deiner Einzimmerbutze Nebenstellen?«

»Rolf kann dir alles besorgen. Wenn du was brauchst, er ist der Mann.« Spax beantwortete Fragen ungern direkt.

Tom dachte nach. Sein Anrufbeantworter war tatsächlich defekt. Seit Monaten zeichnete er nur noch total verzerrt auf. Es klang metallisch klirrend, wie von ganz weit her. Funksprüche von fernen Zivilisationen. Geheime Nachrichten von wichtigen Ereignissen. Nicht zu verstehen, aber allein weil es sie gab, bedeutend und vielversprechend. Es bot sich an, darin einen tieferen Sinn zu sehen. Darauf wies Spax gerne mit größtem Vergnügen hin. Er nannte Tom dann einen dieser typisch Berliner Viertelkünstler, die ihr masochistisch-misanthropes Einsiedlerleben pflegten, um die Tatsache zu verbergen, dass sie nur Angst hatten, ihre Wohnung zu verlassen und in Kreuzberg in einer Kneipe ein Mädchen anzusprechen. Tom waren unverständliche Nachrichten lieber als gar keine, wenn er allein in seine Moabiter Wohnung nach Hause kam und auf den blinkenden Knopf drückte. Und es war schlichtweg auch eine Geldfrage.

Aber Tom wollte nicht um eine Gefälligkeit bitten, weder Rolf noch sonst wen, das tat er nie. Er wollte nicht in eine dieser obskuren Verbindungen geraten, die auf dem Austausch von Dingen aufbauten. Geschäftemachen hasste er, und Geschäftemacher konnte er nicht ausstehen.

Rolf hatte bisher noch kein Wort gesagt. Tom bemerkte, dass Spax Antonietta mit der Hand über den Oberschenkel strich. Die Liberalität der DDR-Frauen in sexueller Hinsicht war das legendärste Gerücht über den Osten. Auch dazu sagte Rolf nichts, möglicherweise gab es auch nichts zu sagen.

Antonietta sprach nicht mehr mit Tom, das war klar, sie sah ihn nicht mal mehr an. Sie hatte eine erste Ahnung von dem bekommen, was man später unter dem

Begriff »Wessi« zusammenfassen würde: Leute, die mit klugscheißerischem Halbwissen prahlten und deren zu laut zur Schau gestellte kosmopolitische Weltoffenheit auf Pauschalurlauben, Privatfernsehen und der Verwendung italienischer Kochbücher beruhte.

»Tom, wir müssen aufeinander zugehen. Das ist die Devise der nächsten Monate. Das sage nicht nur ich, sondern auch unser Bundespräsident. Wir sind ein Volk!«

Wenn er in Fahrt kam, vermengte Spax gerne Geopolitisches mit Persönlichem.

Tom nickte. Er bewunderte den Freund wegen seiner unkomplizierten Art, Spax kam immer und überall mit anderen zurecht. Nicht die schlechteste Eigenschaft in einer sich immer weiter öffnenden Welt. Und heute Nacht sowieso. Für Tom war es keineswegs ausgemacht, dass man auch miteinander auskam, wenn man nur dieselbe Sprache sprach. Seine bayerische Verwandtschaft mütterlicherseits war dafür ein Paradebeispiel. Sämtliche seiner Cousins und Cousinen in seinem Alter hatten Baugrund geerbt und schuldenfrei ein oder mehrere Häuser gebaut, deren Balkone allein so groß waren, dass man eine sehr kinderreiche Familie aus Bangladesch darauf hätte unterbringen können. Er verachtete die Geranien an diesen Balkonen, er verachtete ihren Wohlstand, ihre Sattheit, er verachtete die grünen, fruchtbaren Wiesen und die zufriedenen Kühe darauf. Er verachtete sogar den Föhn, der ihnen die vielen Sonnentage schenkte – einer der Gründe, neben den Seen, den Bergen und dem nahen Italien, weswegen die Menschen dort lebten. Nichts, was man sich erarbeitet, geschweige denn verdient hätte.

Im Gegenzug verachteten sie ihn ebenso, weil er es zu nichts gebracht hatte und es auch nie weiter bringen würde. Wie alle anderen saß er, so ihre Meinung, den ganzen Tag nur in Cafés und Kneipen rum und investierte das Geld derer, die wirklich arbeiteten, in Cappuccino und Pils. Beide Seiten hatten nicht ganz unrecht. Die Lage war verhärtet. Man konnte auch nicht sagen, dass man sich über die Jahre nähergekommen wäre.

So gesehen, beurteilte Tom die gemeinsame Zukunft der zwei Deutschlands skeptisch. Dabei sah er die konkrete Zusammenführung genau vor sich. Spax knutschte mittlerweile mit Antonietta herum, er hatte eine Hand in ihrem Schoß. Rolf schien zufrieden mit der Musik, dem Bier und dem Ausblick auf die Gestalten im Kumpelnest 2000, das sich mittlerweile gut gefüllt hatte. Tom beschloss also, seinen bescheidenen Beitrag zur Wiedervereinigung zu leisten, und stand auf.

»Ich hol uns noch 'ne Runde.«

Mehr gibt es nicht zu tun, dachte er, mehr gibt es nicht zu verstehen, alles andere wird sich ergeben.

Kurz darauf kam er mit den Getränken und einer Frage zurück.

»Habt ihr euer Begrüßungsgeld eigentlich schon abgeholt?«

Rolf sah auf, nahm das Bier und stieß mit ihm an.

»Mehrmals.«

»Wie mehrmals?«

»Kontrolliert keiner. Erst hier, Gesundbrunnen, dann sind wir extra nach Bayern. Hof und Bayreuth, da gab's sogar Zuschlag. Und in München noch mehr.«

»Die Ostler sind so praktisch, viel praktischer als wir«, schob Spax ein, der sehr empfänglich war für Gerissenheiten dieser Art.

Tom bereute es schon wieder, etwas gesagt zu haben.

»Wie hat euch München gefallen?«

Rolf zuckte mit den Achseln, aber Antonietta meldete sich wieder.

»Da will ich hin. Zum Studieren!«

»Studieren?«

»Ja klar. Studierst du auch?«

»Nein.«

Diese Frage hasste Tom.

»Jura. Ich will Jura studieren.«

Jetzt war sie am Zug. Ihre Augen funkelten. Rolf stand auf und ging zur Tanzfläche. Dieses Thema interessierte ihn anscheinend überhaupt nicht.

»Jura?«

»Ja. Erst lass ich mir die Zähne machen und dann studier ich Jura.«

»Gibt's da einen Zusammenhang?«

»Klar.«

»Viel praktischer als wir, die Ostler.«

Spax wiederholte sich und schob dabei seine Hand unter Antoniettas Bluse.

Antonietta lächelte, und Tom sah, was sie meinte, und dazu spürte er, dass sie ihm etwas voraus hatte: Zielstrebigkeit und einen klaren Plan. Sie sah ihn kurz an, er nickte wie zur Bestätigung. Die Frau war auf der Durchreise. Lange würde sie hier nicht bleiben.

Damit war die Konversation beendet, und der Abend

endete wie so viele im Kumpelnest mit zu viel Bier und dem erstrebten Zustand, wo allen wirklich alles egal war. Tom fühlte sich irgendwann überflüssig und ging allein nach Hause mit dem Gefühl, dass keineswegs klar war, weder heute noch überhaupt, wer zu den Gewinnern und wer zu den Verlierern des Umbruchs gehören würde.

Auf der Potsdamer Straße hielt er vor einem Elektrofachgeschäft. Die Fernseher in der Auslage zeigten auf allen Kanälen ausnahmslos Bilder von der Mauer. Er wunderte sich. Es waren Bilder im Fernsehen, Bilder, die sich nicht unterschieden von denen vom Platz des Himmlischen Friedens in Peking oder von denen vom Sturz Alfredo Stroessners vor ein paar Monaten. Das ist was passiert, dachte Tom. Es machte anscheinend keinen Unterschied, ob es in China oder vor der Haustür passierte. Er hätte nur ein paar Hundert Meter in die andere Richtung laufen müssen und wäre leibhaftig mittendrin gewesen. Ihm wurde klar, dass er nicht wusste, ob ihn die Maueröffnung betraf. Er starrte weiterhin auf die Monitore in der Hoffnung, dazu etwas zu erfahren.

Die graue Wand, die für zwei Generationen die Begrenzung ihres Leben gewesen war, absolut und unüberwindbar, hatte nun eine Öffnung und dahinter erstrahlten Scheinwerfer und Blitzlichtgewitter. Dort im Licht fiel man sich in die Arme, glücklich, erleichtert, es erinnerte an die Bilder von wundersamen, nicht mehr erhofften Rettungsaktionen, von Verschütteten nach Grubenunglücken oder Erdbeben. Menschen, die schicksalhaft durch schwerste Materie – Steine, Sand, Beton – voneinander getrennt, über sogenannte Lebenszeichen aber immer miteinander verbunden geblieben waren, standen sich nun erstaunt und überwältigt leibhaftig gegenüber. Das Verlangen sich zu berühren war groß, es wurde hemmungslos geküsst.

Wie die von Spax mehr als ins Auge gefasste blonde Antonietta aus Berlin-Pankow kamen, von den Fernsehkameras in ihren grisseligen Nachtbildern in Totalen nur schemenhaft eingefangen, Tausende durch diese Öffnung. Ein imposanter Menschenstrom. Einige wenige bewegten sich auch in die entgegengesetzte Richtung durch die Mauer, gen Osten. Tom vermutete Rolf darunter. Die Bilder der Küssenden verloren sich in anatomischer Superzeitlupe, Musik wurde eingeblendet:

The world is closing in/And did you ever think/That we could be so close, like brothers/The future's in the air/I can feel it everywhere/Blowing with the wind of change.(4)

Natürlich, das unsägliche Lied, dem man nicht entkam in diesen Tagen. Es nahm den Bildern den letzten Rest an Aufrichtigkeit und unterstrich nur die bekannte Fantasielosigkeit der Fernsehmacher und die Tatsache, dass man nie und nirgends in Ruhe gelassen wurde.

Alles würde anders werden. Um mit diesem unangenehmen Gedanken nicht den Rest der Nacht verbringen zu müssen, änderte Tom seinen Plan und schlug den Weg ins Ex und Pop ein. Gute Musik, bezahlbare Getränke, bekannte Gesichter. Und weiter weg von der neuen Mitte. Die letzte Enklave in der Enklave. Dort war man sicher. Vorerst zumindest. Tom war ohne Freundin. Das war aber noch lange kein Grund, sich an die Mauer zu stellen und zu klatschen, dachte er.

WEISSRUSSLAND – GELÄNDE UND ERINNERUNG

Er fuhr bereits zwei Stunden auf der Europastraße 30, der russischen M1, von Brest nach Moskau. Kurz hinter der Grenze hatte Tom das Steuer übernommen, zum ersten Mal während ihrer Reise.

»*I'm riding shotgun!*«, hatte Spax gesagt und war sofort auf dem Beifahrersitz eingeschlafen. Die Sonne kam heraus, die Luft war warm. Tom hatte die Fensterscheibe runtergekurbelt und fühlte mit der linken Hand, wie sich der Lack der Fahrertür langsam erwärmte. Er hielt sich an die vorgeschriebene Geschwindigkeitsbegrenzung – 100 Stundenkilometer – und passierte Kobryn und Bjarosa. Er las die Ortsnamen und versuchte, die kyrillischen Lettern zu übersetzen. Orte aus Erzählungen von verbotenen Zonen oder bekannt nur aus Atlas und Geschichtsunterricht. Undenkbar diese Fahrt noch vor ein paar Wochen, jedenfalls für die Hälfte der Welt, in der er lebte. Wenn der endlose Nadelwald sich hin und wieder auftat in die weißrussische Weite, bekam das etwas Leichtes, fast Erhabenes. Er fühlte sich in einem historischen Zusammenhang, er fühlte sich wohl.

Auf der Straße war noch weniger Verkehr als in Polen, selten fuhr er an einer Ortschaft vorbei oder an einem

Abzweig von der Hauptstraße, und seit der Grenze, seit Brest, hatte er keine einzige Tankstelle gesehen. Sie hatten noch Sprit für vielleicht zweihundert Kilometer. Es würde gerade so bis Minsk reichen.

Hinter Ivacevitschy teilte sich die Straße. *Бобруйск – Bobruisk*, entzifferte er, dorthin führte die A101, er folgte der M1 weiter nach Minsk über Baranawitschy. Die folgenden Minuten aber ging ihm Bobruisk nicht mehr aus dem Kopf. Er kannte den Ortsnamen. Früher hatte er ihn oft gehört. An den Klang des fremden Wortes vor langer Zeit im Hause der Großeltern konnte er sich noch gut erinnern und an das damit verbundene, unheimliche und beunruhigende Gefühl.

Am unbefestigten Rand der Straße, ganz allein inmitten der Einöde, saß eine alte Frau auf einer Holzkiste. Tom sah sie schon von Weitem. Vor ihr auf dem Boden lagen ein paar kleine bunte Dinge. Tom ging vom Gas und bemerkte im Vorbeifahren, es war Gemüse, das die Frau da ordentlich aufgereiht auf einem Taschentuch vor sich ausgebreitet hatte. Er bremste vorsichtig ab, er wollte Spax nicht wecken, hielt an, stieg aus dem Auto und lief zu der Frau zurück. Auf dem hellblauen Tüchlein lagen genau zwei Karotten, ein kleiner Weißkohlkopf und zwei Gurken, wie sie Tom noch nicht gesehen hatte. Zu groß für Essiggurken und zu klein für Salatgurken ähnelten sie mehr Zucchinis. Die Frau lächelte ihn an, als sei es das Normalste der Welt, hier in diesem weißrussischen Nirgendwo zu sitzen und selbst angebautes Gemüse anzubieten. Weit und breit war keine Ansiedlung zu sehen, kein Haus, nicht einmal ein Weg war zu entdecken, über den die Frau gekommen sein konnte. Die E30 von Berlin nach Moskau verlief hier fast schnurgerade, in beide Richtungen mit kilometerweiter Sicht. Warum die Frau genau hier saß, erschloss sich ihm nicht, wieso sie genau hier einen Käufer zu finden glaubte, wo man mit hundert durchschoss, verstand er ebenso wenig. Wenn denn überhaupt jemand vorbeikam. Danach sah es nämlich nicht aus.

Die Frau nickte und murmelte etwas Unverständliches. Tom schätzte sie auf etwa hundertzwanzig. Sie war höchstens einen Meter fünfzig groß und sah aus, als hätte sie mindestens zwei große Vaterländische Kriege miterlebt. Ein winziger Kopf, schlohweißes Haar zu einem Dutt geflochten rahmte ein ebenso winziges Gesicht, das wie eine einzige Runzel wirkte. Darin zwei klar hervorstechende blaugrüne Augen und ihr immer noch lächelnder, vollkommen zahnloser Mund.

Zwei Gurken, zwei Karotten und ein Weißkohl. Wahrscheinlich saß sie so den ganzen Tag da. Er verstand gar nichts.

Er kniete sich vor sie hin und deutete auf die Gurken.

»*Десять копеек*«, sagte sie.

»Tut mir leid, ich verstehe Sie nicht«, sagte er und schrieb mit dem Finger ein Fragezeichen in den Sand. Sie lachte so laut, als habe er einen Witz gemacht, beugte sich zu ihm und malte eine *10* daneben. Hier kostet alles zehn, dachte Tom bei sich und gab der alten Frau einen Zehnrubelschein. Sie nahm den Schein und schüttelte den Kopf.

»*Десять копеек*«, sagte sie erneut und hielt ihm den

Schein hin. Sie kramte in der Tasche ihrer Schürze und zeigte ihm ein paar sehr dünne Münzen.

»*Копеек*, Kopeken«, las er darauf.

Sie nickte und lachte noch mehr. Die alte Dame war eine Frohnatur. Anscheinend klang Deutsch für russische Ohren lustig.

»Ich habe keine Kopeken«, sagte er und bedeutete ihr, sie solle das Restgeld einfach behalten. Sie drückte ihm die Karotten in die Hand und auch den Kohl.

»Nein, den echt nicht«, meinte er und gab ihr den Kohlkopf wieder. »Und vielen Dank. *Spasibo.* Auf Wiedersehen, vielen Dank!«

Er wandte sich um und ging zum Auto zurück.

Rechts von ihm schien der Wald nicht sehr tief zu sein, die Bäume standen weit auseinander, und dahinter war freies Gelände und darauf etwas Helles, Kleines, in großer Anzahl. Genau konnte er es nicht erkennen, die Bäume versperrten die Sicht. Es war aber etwas, das nicht in einen Wald oder auf eine Wiese gehörte, jedenfalls etwas, das er so noch nie gesehen hatte. Er sah zu der Frau zurück, die mit der Kiste in der einen Hand und dem Weißkohl in der anderen langsam am Straßenrand in die Gegenrichtung davonspazierte. Ansonsten weit und breit keine Menschenseele. Er verließ die Straße, die Stimme der Blondine von Intourist in Berlin im Ohr, auf gar keinen Fall von der festgelegten Route abzuweichen. Auf gar keinen Fall.

Er biss in eine Karotte und ging auf den Wald zu. Der Boden war feucht und moosig, der Rest der Vegetation hätte auch aus dem Grunewald sein können. Abgesehen von den vielen Birken, die es hier gab, war es wie zu Hause. Bis er aus dem Wald trat.

Was er sah, waren Kreuze. Etwa einen Meter hoch ragten sie aus der Erde, aus Holz, silbergrau verwittert, glänzten sie in der Sonne. Die Kreuze begannen direkt am Waldrand vor seinen Füßen und erstreckten sich über das freie, hügelige Gelände bis an den Horizont. Dort, wo sie voneinander nicht mehr unterscheidbar waren, verschmolzen sie zu einer leuchtenden Grafik, wie die expressionistische Interpretation eines grauen, starren Meeres.

In der direkten Sonne warfen die Kreuze scharfe Schatten auf die Erde, eine Wiederholung des Musters ins Negative. Tom machte ein paar Schritte zur Seite. Die Verschiebung der Geometrie der akkurat in Reihe gesetzten Gebilde verursachte ein Flirren in seinem Blickfeld. Es gab nichts zu fokussieren für das Auge. Ein Raum, der sich durch Schnittlinien definierte. Jeder dieser Schnittpunkte ein Toter. Dahinter war einer, davor auch, rechts und auch links davon. Wohin man sah, war immer ein weiteres Kreuz, noch ein Toter. Hunderte, Tausende. Der Blick hetzte über das geometrische Flackern aus Licht und Schatten. Es gab keinen Halt für die Augen, nichts wirklich zu fassen und doch alles sichtbar, einzeln und in der Summe. Jedes Grab. Alle Toten. Seine Augen begannen zu schmerzen. Er hob den Kopf und entließ seinen Blick in das diffuse milchige Blau des Himmels. Er schloss die Augen, genoss die Sonne auf seinem Gesicht und bemerkte, wie kalt ihm geworden war.

Als er zurückkam, stand Spax ans Auto gelehnt und rauchte eine Zigarette.

»Wo warst du?«

»Gemüse kaufen. Karotten und Gurken.«

»Was? Wo denn? Im Wald?«

»Nein, hier an der Straße.«

Spax warf einen skeptischen Blick die Straße entlang. Die Richtung, aus der sie gekommen waren, lag ebenso verwaist da, wie die, in die sie wollten.

»Gurken und Karotten. Die Karotten hab ich gegessen. Hier!«

Er reichte Spax eine der russischen Gurken.

»Und was hast du im Wald gemacht?«

»Mich umgesehen.«

»Du hast dich im Wald umgesehen?«

»Ja.«

»Du hast dich in einem Wald in Weißrussland umgesehen?«

Spax warf kopfschüttelnd seine Zigarette weg.

»Was hast du für das Gemüse bezahlt?«

»Zehn Rubel. Komm, wir fahren weiter.«

»Das sind 0,3 Pfennig. Ich hab unser Geld gezählt. Wir haben für hundert Mark 335 000 Rubel bekommen. In kleinen Scheinen.«

»Die alte Frau wollte nur zehn Kopeken dafür haben.«

»Wenn wir uns nur von dem Gemüse ernähren, das wir am Straßenrand kaufen, reicht das Geld also für ungefähr siebenhundertfünfzigtausend Jahre.«

Tom antwortete nicht.

»Allerdings werden wir von Karotten und Gurken allein nicht glücklich.«

»Spax, wenn wir so weiterfahren, sind wir in zwei Stunden in Minsk.«

»Ja.«

»Theoretisch müssen wir aber erst heute Abend da sein, im Hotel meine ich.«

»Tom, was ist los?«

»Ich würde gerne einen Abstecher machen.«

»Wohin denn? Zurück in den Wald?«

»Nein, nach Bobruisk.«

»Was ist das denn?«

»Ein Ort. Eine Stadt.«

»Wohnt da die Alte? Hast du dir ihre Adresse geben lassen?«

Spax lachte los.

»Quatsch.«

»Was wollen wir dann dort, in diesem Bobruisk?«

»Uns umschauen.«

»Was gibt's denn da zu sehen?«

»Keine Ahnung.«

»Prima, dann müssen wir ja auch nicht hin.«

»Aber es interessiert mich halt.«

»Warum?

Tom zögerte.

»Mein Großvater ist da gestorben.«

»In Bobruisk?«

»Ich hab zu Hause einen Kompass. Ein russisches Fabrikat. Wie eine Armbanduhr sieht der aus, rund, so drei Zentimeter im Durchmesser, schwarzer Boden aus altem

Kunststoff, Bakelit. An einem Messingring des Gehäuses, der sich drehen lässt, sind Kimme und Korn etwas oberhalb der Glasoberfläche befestigt. Damit kann man Peilungen im Gelände durchführen. Unter dem Glas ist eine umlaufende Gradskala mit winzigen Ziffern in Fünfzehnerschritten, und an den Vierteln gibt es kyrillische Buchstaben: *ю в з*. Süd – Ost – West, der Norden ist mit einem gelben Dreieck markiert. Das gleiche gelbe Dreieck markiert den magnetisierten Teil der Nadel, der nach Norden zeigt. Die Nadel kann man durch einen einfachen Mechanismus arretieren und so für den Transport oder gegen starke Erschütterungen schützen. Mein Vater war sechs, als er ihn von seinem Vater bekam. Seinem leiblichen Vater. Bei seinem Fronturlaub brachte er ihn mit. 1943 war das. Er war zwei Wochen zu Hause und musste dann wieder in den Osten. Seine letzte Nachricht kam aus Bobruisk. Ein Jahr später. Von hier wurde er als vermisst gemeldet. Mein Vater war sechs damals. Er hat seinen Vater nie wiedergesehen. Er kam nicht mehr zurück. Als ich sechs wurde, hat mein Vater mir den Kompass geschenkt. Der Kompass ist von hier. Und ich denke die ganze Zeit, mein Großvater liegt hier irgendwo begraben.«

»Wie weit ist es nach Bobruisk?«

»Hundertfünfzig Kilometer, vor Minsk geht es noch mal ab. Drei Stunden hin und zurück.«

Einen Moment herrschte Stille im Wagen.

»Das geht aber nur, wenn wir vorher tanken.«

Tom nickte.

Zum ersten Mal tauchten wieder Schilder am Straßenrand auf, und bald schon erreichten sie einen großen Parkplatz vor einem Kriegerdenkmal an einem flachen, künstlich aufgeschütteten Kegel in der Ebene. Oben, über einen langen spiralförmig gewundenen Weg zu erreichen, das Monument, ein liegender Ring aus oxidiertem Stahl. Darauf umlaufend Gesichter junger Männer in einem kantig-naiven, schematischen Stil und daran, wie die gesammelten Enden der Blitze eines langen Gewitters, metallene Spitzen, gebündelt in den grauen Himmel zeigend. Sie stiegen aus, um sich das Denkmal näher anzusehen. Die ausführlichen Texte auf der Informationstafel waren natürlich in Kyrillisch, aber die Jahreszahlen – 1942, 1943, 1944 –, die gestrichelten Linien auf der Landkarte, die von Berlin nach Moskau reichte, und die Abbildungen der T34-Panzer erklärten sich von selbst.

Langsam gingen sie den Weg nach oben. Sie umrundeten einmal den kegelförmigen Hügel und legten dabei etwa ein Drittel des Aufstiegs zurück. In alle vier Himmelsrichtungen erstreckte sich die Ödnis der weißrussischen Sumpflandschaft, eine leicht gewellte Ebene mit vereinzelten Baumgruppen, Gräsern, Sumpfwiesen.

Spax hatte genug gesehen. Sie gingen den Rest bis zum Denkmal auf direktem Weg nach oben und lehnten sich dort an den rostbraunen Metallring. Spax holte die beiden Gurken aus der Tasche und bot Tom eine an. Er deutete nach Osten, wo sich am anderen Ende des Areals eine Autoschlange befand, die vor einer einzelnen Zapfsäule endete. Mehrere Männer standen dort rauchend herum.

»Die erste Tankstelle seit der Grenze.«

»Wie schmeckt deine Gurke?«

»Wieso?«

»Meine ist total bitter.«

»Meine nicht.«

Er biss noch einmal hinein und verzog das Gesicht.

»Total bitter.«

»Meine ist okay. Irgendwas zwischen Salat- und Gewürzgurke.«

Spax nahm sie ihm aus der Hand und verglich die beiden Gewächse.

»Du hast am dünnen Ende abgebissen.«

»Logisch.«

»Wieso logisch?«

»Weil ich das immer so mache. Weil es sich anbietet. Wieso beißt du denn ins dicke Ende?«

»Keine Ahnung.«

»Na dann.«

Tom nahm Spax die Gurke wieder ab und aß sie auf. Spax warf seine den Hügel hinunter und setzte sich ins Gras.

»Irre, oder?«

»Was meinst du?«, fragte Tom.

»Dass wir jetzt hier sind.«

»Ja.«

Sie schwiegen eine Weile.

»Und alles wegen Rolf«, meinte Spax schließlich.

Als ob die Mauer nicht nur Nationen, sondern auch Beziehungen eingesperrt hatte, lösten sich mit den Blöcken auch reihenweise Partnerschaften, Freundschaften, Ehen. Antonietta und Rolf trennten sich.

Spax bot Rolf seine Wohnung an, als vorübergehende Bleibe. Er selbst zog bei Antonietta ein. Über seinen Freund hörte Tom noch eine Weile von Rolf, der, mit dem durch die Mangelwirtschaft geschulten Selektionsvorteil der Geschäftemacherei ausgestattet, anscheinend recht erfolgreich durch die Wendezeit trieb: als Installations- und Servicetechniker für die ersten ISDN-Anlagen, anfangs angestellt, dann freiberuflich und zuletzt nur noch schwarz mit Geräten, die er aus der Firma hatte mitgehen lassen.

»Das hat Hand und Fuß, da steckt Geld drin. Das ist die Zukunft. Informationsaustausch, Kommunikation«, meinte Spax nicht ohne Bewunderung, obwohl Rolf, ohne eine Nachricht zu hinterlassen und natürlich ohne die ausstehende Miete zu bezahlen, über Nacht aus seiner Wohnung verschwunden war.

»Für mich klang das immer, als wär der bei der Stasi gewesen«, erwiderte Tom. »Mir hat der Typ nicht gefallen. Irgendwas war schmierig an dem.«

Da war nicht viel an Erinnerung, aber er hatte ihn, anders als Spax, auch nur einmal gesehen.

»Und er ist immer fetter geworden.« Die Angebote der freien Marktwirtschaft, speziell das einer Wiener Konditorei, für die er extra regelmäßig Richtung Grunewald fuhr, waren schuld daran, dass Rolf in Echtzeit auseinanderging.

»Antonietta meint, er schiebe es auf die Trennung, dabei kann der nur einfach nicht Nein sagen. Er ist die gelebte Nachfrage«, ergänzte Spax.

»Die Turbine Rosenheim hat auch dichtgemacht. Alle gehen jetzt nach Mitte.« Mehr fiel Tom dazu nicht ein.

»Der Preis der Freiheit wird teuer bezahlt. Von allen.«

Wie Spax das genau meinte, war Tom nicht klar. Aber es war ein Grund, noch zwei Bier zu bestellen. Sie hatten sich seltener getroffen in den letzten Wochen. Spax hatte die Wiedervereinigung mit Antonietta energisch vorangetrieben. Und wie beim Rest der beiden Deutschlands folgte auch hier, im Kleinen, auf die blind taumelnde Glückseligkeit eine nüchterne Distanz, die einen ersten klaren Blick erlaubte auf das Gegenüber. Während Politiker »blühende Landschaften« herbeiredeten und Sportfunktionäre von Goldmedaillen in sintflutartigen Dimensionen träumten, verloren die einen bereits ihre Illusionen und andere ihre Arbeit. Antonietta glich ihre präzisen Erwartungen an Westen und Wohlstand ab mit den konkreten Aussichten ihres im Wesentlichen berufslosen Bettgenossen, der nie vor elf Uhr mittags aus den Federn kam. Und Spax bemerkte endlich oberhalb von Antoniettas traumhaft apfelförmigen Brüsten ihre tatsächlich unglaublich schlechten Zähne. Also gab es Einwände, Ausflüchte und Hinhaltungen. Die Rückzüge begannen allerorten.

Irgendwann warf Antonietta den dekadenten Dauerjugendlichen aus Bett und Bude. Sie war auf ihrem Weg in die Welt hinaus, in den oberen Teil der Welt, genauer gesagt, und dabei hatte sie für ihn keine Verwendung mehr. Die ersten Lektionen für den Westen waren in Fleisch und Blut übergegangen, ein neues Selbstbewusstsein kam auf und wurde deutlich vor sich hergetragen.

Der letzte Rest an Scheu verschwand, und ihr Blick wurde noch direkter und durchdringender. Gewinner waren immer gut gelaunt, und ein Lächeln erschien auf ihren Lippen, das genauso falsch war, wie die zügig bei einem Zahnarzt in Lichtenrade für teures Geld gemachten Zähne. Antonietta hatte erkannt, dass Wohlstand an den Zähnen sichtbar wurde. Je weiter man nach Westen kam, desto weißer und makelloser blitzte es aus den Mündern. Das Geld für die Zahnkorrektur hatte sie sich zusammengeliehen. Sie würde es bald schon zurückzahlen. Sie begann ein Jurastudium und zog nach München, mit einem klaren Ziel vor Augen, in dem englische Autos, französisches Essen und italienische Schuhe die Hauptrolle spielten. Spax und Tom sahen sie nie wieder.

Der direkte Kontakt mit der Bevölkerung des Ostens war für die beiden also so abrupt zu Ende gegangen, wie er begonnen hatte, vorerst zumindest. Die beiden Ostberliner waren weitergezogen, übrig geblieben waren die Westberliner und ein Haufen Wischerblätter.

»Wir haben ein Problem«, sagte Spax nach einer Weile und stand auf. »Wenn wir bei einem Umtauschkurs von eins zu dreitausenddreihundertfünfzig alle Wischerblätter verkaufen, passt das Geld am Ende gar nicht ins Auto. Außerdem, wer soll uns das wieder zurücktauschen? Der Kerl an der Grenze? Das funktioniert doch nicht.«

»Das funktioniert sowieso nicht.«

»Wir müssen die Wischer gegen Dollar loswerden oder gegen Mark. Auf jeden Fall echtes Geld.«

»*Marki, Dollary.*« Tom begann zu lachen.

»*Marki, Dollary.*«

Spax schlug ihm auf die Schulter, sie lachten jetzt beide lauthals los, und Spax war froh, dass seiner eigentlich ernüchternden Erkenntnis so die Schärfe genommen worden war. Schweigend gingen sie den Spiralweg nach unten.

»Das funktioniert nicht«, meinte Spax.

»Was?«

»Das mit den Wischerblättern. Dollar und Mark werden hier nur kassiert. Aber damit bezahlen die uns doch nicht.«

»Ganz bestimmt nicht.«

»So blöd sind die nicht.«

»Die sind überhaupt nicht blöd.«

Der bittere Geschmack der weißrussischen Gurke wollte nicht verschwinden. Ebenso wenig der Gedanke, dass, was immer Spax sich in Berlin ausgemalt hatte über Möglichkeiten, über Wischerblätter und über den Osten, einfach gar keine Rolle spielte in der echten Welt.

Sie stiegen in den Wagen, fuhren in Richtung der Tankstelle und reihten sich in die Schlange der Wartenden ein.

»Was ist denn mit dir los?«, fuhr Tom ihn an. »So brauchen wir doch mindestens zwei Wochen, um den Tank voll zu bekommen. Fahr vorne ran!«

Spax nickte nur, scherte aus und fuhr an den vielleicht fünfzehn parkenden Pkw vorbei direkt bis vor die Zapfsäule vor. Tom griff sich ein paar Wischerblätter vom Rücksitz und sprang aus dem Wagen.

Spax zündete sich eine Zigarette an und beobachtete,

wie sein Freund mit einem rotgesichtigen Mann gestikulierend in Verhandlung trat.

Er wusste niemanden, mit dem er so gerne seine Zeit verbrachte wie mit Tom, und mit niemand anderem wäre er bis nach Moskau gefahren.

Er holte sich eine Handvoll Erdnüsse aus dem Sack von der Rückbank in der Hoffnung, den letzten Rest des bitteren Geschmacks loszuwerden. Tina hatte recht gehabt, da hinten sah es aus wie in einem Affenkäfig.

Tom war der Einzige, der ihn nicht herausforderte, genauer gesagt war er der Einzige, bei dem er sich nicht herausgefordert fühlte. Herausgefordert, zu beweisen, wer er war, was er draufhatte, was er konnte. Was er konnte, war immer noch einen draufsetzen: eine Pointe, eine Idee, ein Bier. Er war immer in Bewegung, und das unter Vollgas. In der Welt der permanent jungen Menschen in Berlin hatte das modellhaften Charakter und hatte ihm so gut wie immer Erfolg und Anerkennung beschert. In bestimmten Bezirken, vornehmlich nachts, existierte ein Bild von ihm, das gefiel – ihm selbst am besten. Im Laufe der Jahre hatte sich das so in seine Person eingeschliffen, dass ihm nichts anderes übrig blieb, als immer weiter über das Ziel hinauszuschießen und diese Hyperaktivität an den Tag zu legen, die ihn aber neuerdings immer öfter verdross und die vor allem zu nichts führte. Die Maschine schepperte im Leerlauf und drohte zu verbrennen oder – schlimmer – zu verrußen.

Er spürte eine Energieverschwendung, eine kolossale Energieverschwendung. Immer wieder und immer klarer erkannte er, dass sein Leben so zu nichts führen würde.

Zu absolut gar nichts. Das hatte selbst Rolf, der windige Ostler, ihn merken lassen, als er das letzte Mal aufgetaucht war, um ein paar Sachen aus der Wohnung mitzunehmen. Er war keineswegs auf dem Weg ins Gefängnis. Ganz im Gegenteil. Spax hatte ihn gefragt, ob er ihm nicht helfen könne beim Vertrieb der Wischerblätter. »Einen Vertriebsplan erarbeiten« – so hatte er es damals formuliert, und darüber ärgerte er sich noch immer. Der Satz stammte original aus der Vorabendserie, bei der er zu der Zeit als Edelkomparse arbeitete. Sie hatte den Arbeitstitel *brutto/netto*, und Edelkomparse bedeutete, dass er pro Folge ungefähr zwei Sätze zu sagen hatte. Ansonsten stand er in seiner Funktion als »Mitarbeiter im Marketing« im Hintergrund herum und diente als Schwenkfutter, als menschliche Dekoration in nichtssagenden Bildern.

Rolf hatte nichts von der Sache wissen wollen. Und auch nichts von den Wischerblättern. Ihm war eine Anstellung als IT-Spezialist bei einer großen Firma in Süddeutschland angeboten worden. »Was ganz Großes. Was ganz Neues. Es geht um Netzwerke. Weißt du, was das ist«, hatte er betont. Und es war keine Frage gewesen. Rolf war einzig und allein vorbeigekommen, um Spax seine neue Visitenkarte auf den Tisch zu legen.

Spax hatte sich geärgert und so geschämt, dass er Tom nichts davon erzählte. Nicht Tom und auch sonst niemandem. Der eigentliche Grund für diese Reise war, dass er seinem Leben eine Wende geben wollte, eine Wende in eine Richtung, die ausgeschildert und in der die Fahrbahn markiert war. Das mit den Wischerblättern erschien ihm als *die* Gelegenheit. Aber eigentlich wollte er nur ganz in Ruhe nachdenken, neben seinem Freund, beim Autofahren.

BOBRUISK – ABSEITS

Durch die Windschutzscheibe sah er den dicken Tankwart nicken und mit der Zapfpistole an die Wagenseite gehen. Und kurz darauf hörte Spax russisches Benzin in ihren Tank laufen.

»Dreißig Rubel und fünf Wischerblätter für den Service.« Tom stieg ein. »Und Vorsicht mit der Kippe! Hier schwimmt alles von Benzin. Die Säule leckt und die anderen Wagen sowieso.«

»Und alle rauchen.«

»Ja, dann nichts wie weg hier.«

»*Spasibo*«, grüßte Tom, und Spax setzte an der Reihe der wartenden Autos zurück.

Am Ende der Schlange stand jetzt ein Lkw. Die beiden trauten ihren Augen kaum, als sie Tina aussteigen sahen. Spax hielt neben ihr.

»Hi, Tina.«

Vor Schreck stolperte sie rückwärts und schlug gegen den Transporter.

»Na, wie geht's? Eine Zigarette?«

Er zündete zwei gleichzeitig an und reichte ihr eine durchs offene Fenster.

»Wir wollen auch nach Moskau.«

»Aha.«

»Steig ein und komm mit. Wir sind doch viel schneller.«

Tina zögerte nur kurz. »Okay. Einen Moment.«

Sie hatte sich wieder gefangen und rauchte ruhig ihre Zigarette zu Ende. Spax musste grinsen. Dann stieg sie in die Fahrerkabine hoch, um ihr Gepäck zu holen.

»Spinnst du. Wieso das denn jetzt?«, schnauzte Tom ihn von der Seite an.

»Wieso nicht?«

»Scheiße. Steig aus! Ich fahr. Unterhalten kannst du dich mit ihr.«

Spax stieg aus, ging um den Wagen herum und setzte sich grinsend nach hinten.

»Das hier ist unappetitlich, das kann man Gästen wirklich nicht zumuten.«

Tina kam mit ihrer Tasche vom Lkw und setzte sich neben Tom auf den Beifahrersitz.

»Hi, Jungs!«

»Hallo, Tina.«

Tom antwortete nicht. Er ließ die Kupplung schnalzen und schoss etwas zu schnell vom Rastplatz am Kriegerdenkmal auf die E30 nach Moskau.

Mehr als eine halbe Stunde fuhren sie schweigend im rhythmischen Takt der Reifenschläge auf der weißrussischen Betonplattenpiste. Spax zerbiss eine Erdnuss nach der anderen. Er blickte abwechselnd auf den Nacken von Tom, dem man seine Wut auch von hinten ansah, und auf Tinas Profil, den Pagenschnitt, der ihm so gut gefiel.

Immer war ihm etwas dazwischengekommen, das konnte man als Ausrede sehen, er jedoch war der Meinung, dass man die Überraschungen, die das Leben anbot, unbedingt mitnehmen sollte. Jetzt aber war er sich nicht mehr sicher, ob sein Plan aufgehen würde oder ob er sich selbst schon wieder ein Bein gestellt hatte.

Die Stille im Auto bedrückte ihn.

»Willst du etwa behaupten, es macht einen Unterschied, ob man Gurken am dicken oder am dünnen Ende anbeißt?«

Tom reagierte nicht.

»Es kann einfach nicht sein, dass meine Gurke bitter war, nur weil ich am dicken Ende reingebissen habe.«

»Du hast ins dicke Ende deiner Gurke reingebissen und sie war bitter?« Tina drehte sich zu ihm um. »Kannst du das noch mal wiederholen?« Spax grinste.

»Wenn du möchtest.«

»Fuck.«

Tom bremste, fuhr rechts ran, stieg aus und lief am Seitenstreifen zurück.

»Was hat er?«, fragte Tina.

Spax drehte sich grinsend um und spähte durch das Rückfenster. »Ihm passt deine schmutzige Ausdrucksweise nicht.«

»Blödsinn.«

»Er besorgt Gurken.«

Sie sahen Tom bei einer alten Frau am Straßenrand knien. Er redete auf sie ein, bezahlte das Gemüse, kam zum Auto zurück und reichte Spax eine Gurke durchs offene Fenster. Tina sah die beiden fragend an.

»Gab nur zwei.«

»Wie immer.«

Er stieg ein, biss in die Gurke, startete den Motor und fuhr weiter.

»Und?«

»Lecker.«

Spax überlegte nicht lange und biss ins dicke Ende seiner Gurke.

»Scheißbitter.« Er spuckte es aus dem Fenster und warf den Rest des Gemüses gleich hinterher.

»Falsches Ende, sag ich doch!«

»Kann es sein, dass in russischen Gärten immer zwei Gurken wachsen, eine gute und eine bittere?«

Tom musste laut loslachen.

»Falsches Ende, Alter!«

»Seid ihr komplett durchgeknallt?«

»Willst du mal?« Tom bot ihr den Rest seiner Gurke an.

»Danke, ich würde die Dinger sowieso nie essen.«

»Warum?«

»Habt ihr ’ne Ahnung, wie weit es nach Tschernobyl ist? Wahrscheinlich kann man den Reaktor von hier aus nachts leuchten sehen.«

Tom schleuderte die Gurke durchs offene Fenster und wischte sich seine Finger an der Hose ab. Danach sprach lange keiner mehr.

Бобруйск 157 км, las er und fuhr von der Autobahn ab. Ein paar Hundert Meter weiter hinter einer Kurve hörte die seitliche Fahrbahnmarkierung auf, es gab keinen Mittelstreifen mehr und kein einziges Verkehrsschild. Die

Straße wurde sichtbar schlechter. In den Fugen zwischen den Betonplatten wuchsen Gräser und wilde Blumen, die Tom aus seiner Kindheit kannte. Immer zahlreicher und immer größer wurden die Schlaglöcher, und plötzlich brach der Straßenbelag ganz ab. In voller Fahrt fiel der Wagen dreißig Zentimeter tiefer auf eine Schotterpiste. Tina, die eingeschlafen war, schlug mit dem Kopf ans Fenster. Spax wurde nach vorne geschleudert und konnte sich nur mit Mühe an den Nackenstützen abfangen.

»Was ist? Wohin fahren wir?«

»Nach Bobruisk.«

»Bobruisk? Bist du bescheuert? Ich dachte, ihr wolltet nach Moskau, ich muss nach Moskau! Übermorgen Abend muss ich dort sein! Ich will nicht nach Bobruisk!«

Tom riss vor Schreck das Steuer rum und geriet auf dem Schotter ins Schlingern. Vorsichtig versuchte er abzubremsen und gegenzusteuern. Sie waren noch immer viel zu schnell.

»Halt die Luft an! Ist bloß ein kurzer Abstecher. Ich wollte nur mal sehen, wie's abseits der Hauptstrecke aussieht.« Spax hatte es wieder nach hinten geschleudert. Tom bekam den Wagen unter Kontrolle und fuhr jetzt deutlich langsamer weiter geradeaus. »Wir haben genug Zeit und müssen erst abends in Minsk sein. Immer nur Autobahn ist … uninteressant.«

»Oh, Scheiße, Mann! Ihr Idioten, was für eine verdammte Scheiße …«

Tinas hysterischer Ausbruch überraschte Spax in seiner Heftigkeit. Szenen dieser Art verstand er nicht, sie waren ihm sogar unheimlich. Hier gab es keinerlei Übereinstimmung mit den sorgsam gepflegten Idealen, die er von Frauen mit Pagenschnittfrisuren hatte. Im Kino wäre er jetzt aufgestanden und hätte den Saal verlassen.

In einer Stunde hatten sie kaum mehr als fünfunddreißig Kilometer zurückgelegt. Niemand war ihnen entgegengekommen, und sie hatten auch niemanden mehr überholt oder passiert. Dazu auch sonst kein Hinweis auf Zivilisation: kein Schild, kein Verkehrszeichen, geschweige denn Häuser, abzweigende Wege, Zäune oder Strom- und Telefonleitungen. Eine vollkommen wilde Landschaft. Wie verlassen oder nie besiedelt. Nur diese Schotterpiste, und die wurde von Minute zu Minute schlechter. Genau genommen fuhren sie jetzt schon auf einem breiteren Feldweg. Die Grasnarbe scheuerte am Unterboden, und die Fahrrinne war zum Teil so tief, dass Tom immer wieder befürchtete, gleich aufzusetzen.

Irgendwann hatten sie den sie umgebenden Wald verlassen, und immer öfter sah man jetzt die namenlosen Kreuze der Massengräber auch direkt von der Straße. Zeitweise schien es, als führen sie durch einen unendlichen Friedhof. Tom bremste, hielt an und stieg aus. In alle Himmelsrichtungen erstreckte sich das Grauen des Weltkriegs, bis zum Horizont. Silbergraue Symbole sinnlosen Sterbens, ein Ornament, stechend, scharf und klar im Detail und im Ganzen eine große, sanfte Welle in der Landschaft. Eine Decke aus grau glänzendem Samt über der Stelle, wo eine alte Welt in die Knie gegangen war.

Schweigend setzten sich Spax und Tina zu ihm ins Gras am Rand des Weges. Sie rauchten, und Tom legte sich hin und schloss die Augen.

»Lass uns umkehren, bitte!«

Tinas Stimme hatte ihn schließlich geweckt. Sie lehnte an der hinteren Wagentür. Spax saß am Steuer und hörte Musik vom Tapedeck. Tom erhob sich, setzte sich kommentarlos auf den Beifahrersitz und drehte die Musik lauter:

And I'm far, far away/With my head up in the clouds/And I'm far, far away/With my feet down in the crowds/Letting loose around the world/But the call of home is loud/Still is loud.(5)

Spax startete den Motor, wendete, und sie fuhren zurück in Richtung Autobahn. Wenig später passierten sie ein Ochsengespann. Der Mann auf der Kutsche, der erste Mensch, den sie seit Stunden zu Gesicht bekamen, grüßte sie mit einer herzlichen Selbstverständlichkeit, die sie freudig annahmen, als gutes Zeichen für die weitere Reise.

Sehr viel später erreichten sie den Autobahnring von Minsk.

MINSK – KONSUM UND KONTAKT

Sie fuhren über mehrspurige Einfallstraßen vorbei an endlosen Reihen gesichtsloser Wohnblocks. Monoton folgte ein Gebäude auf das andere, ohne Unterbrechung, ohne die geringste Abwechslung. Hier gab es nichts Altes, alles war nach dem Krieg hochgezogen worden, eine ganze Stadt fast ebenso schnell errichtet, wie kurz zuvor zerstört, und dazwischen, auf den Rondellen und Kreuzungsplätzen der rechtwinkligen Anlagen, Monumente des sozialistischen Sieges in Beton gegossen. Beton, das Material der Moderne, des Neuanfangs, vielversprechend damals und verwittert heute nach vierzig Jahren Alltag, abgeblättert, aufgeplatzt und bloßgelegt, im Innern der Stahl, verrostet und in Auflösung begriffen. Ungeliebt, unbeachtet.

Über allem war die Klarheit eines Plans zu spüren, die rechten Winkel, die Quader und Quadrate und die viele Luft dazwischen, sauber sortiert auf einem Architektentisch, als Wunsch nach Ordnung und Orientierung in einem Maßstab, der nie etwas Menschliches gehabt hatte.

Am späten Nachmittag bewegten sich Menschen über die breiten Straßen und riesigen Plätze und bevölkerten die Lücken der Stadtplanung.

Von den ersten Blocks der Vororte bis in die Innenstadt verlief die Fahrt wortlos. Tom starrte aus dem Fenster und fragte sich, wie sehr die Vernichtung, die einst aus seinem Land hierher getragen wurde, noch gegenwärtig war im Denken und Fühlen. Wie würde man sie empfangen?

Wie alle Großstädter schienen auch die Menschen in Minsk in erster Linie mit sich selbst beschäftigt und schenkten dem Wagen aus dem Westen nicht die Aufmerksamkeit, die Tom befürchtet hatte.

Schließlich hielten sie an, stiegen aus und blickten sich um auf einem der gigantischen Plätze, müde und verloren.

Sie hatten Hunger und Durst und näherten sich den großformatigen Schaufenstern der Plattenbau-Ladenzeilen. Alle Auslagen waren wie leer gefegt. Im ersten Geschäft, und es war ein Geschäft, schließlich gab es mehrere Verkäuferinnen in weißen Kitteln, fand sich kein einziger Kunde. Und keine Ware. Nichts lag da in den Regalen und auf den Theken. Die hellblauen Kacheln ließen auf eine Fleischerei schließen oder ein Fischgeschäft, es gab aber keinen Hinweis darauf, ob und wann hier jemals etwas zum Verkauf angeboten worden war. Auch die Verkäuferinnen, alle Damen eines gewissen Alters, schienen keinerlei Interesse an Kundschaft zu haben. Man ignorierte sie einfach, und Tina, die versuchte, auf Deutsch und Englisch Kontakt aufzunehmen, wurde mit einem kurzen Schulterzucken abgewiesen. Das nächste Geschäft bot dasselbe Bild wie auch das darauffolgende: keine

Ware, keine Kunden, nur blank geputzte Kacheln und eine Unzahl an überflüssigen Verkäuferinnen.

»Willkommen im Sozialismus.«

»Auch Sozialisten müssen etwas essen.«

»Aber sie können nichts kaufen.«

»Vielleicht haben sie schon gekauft, heute Morgen zum Beispiel.«

»Du meinst, die haben schon alles weggekauft? Restlos alles? Nicht ein Wurstzipfel übrig oder ein Fischschwanz? Ich glaube, hier hat nie was gelegen. Zumindest nicht heute.«

»Da vorn gibt's was!«

Tom hatte eine Menschentraube entdeckt, umgeben von verwaisten Geschäften gab es eins, in dem sich die Menschen drängten und davor in einer langen Schlange anstanden.

»Was denn?«

»Keine Ahnung. Kann ich nicht erkennen. Mir egal. Ich hab Hunger. Ich stell mich mal an.«

»Okay, und wir suchen weiter. Wir treffen uns in einer halben Stunde wieder hier.«

Tina und Spax überquerten eine vierspurige Straße, auf der die russischen Zweitakter knatterten, gingen über eine Fußgängerbrücke und kamen auf einen weiteren Platz.

»Schau mal!«, rief Spax plötzlich und rannte los.

Das Dunkle, das er in den Auslagen entdeckt hatte, stellte sich als Taucherflossen heraus, grüngrau meliert, die scheußlichsten Flossen, die er jemals zu Gesicht bekommen hatte. Alle in Größe 52, gemacht für sozialistische Riesen. Er erwarb trotzdem ein Paar und dazu noch einen runden Wäschehaken mit Wandbefestigung, orange und gelb im Charme der frühen Fünfzigerjahre, den zweiten und einzigen weiteren Artikel, den es in diesem Geschäft gab, für insgesamt sechseinhalb Rubel. Einfach weil er endlich etwas kaufen wollte.

Tina stand bei einer dicken alten Frau mit Kopftuch, die mitten auf dem Platz ein bräunliches Getränk aus einem Holzfass heraus anbot, für ein paar Kopeken. Als Spax dazukam, bemerkte er, dass auch viele Minsker bei der Frau stehen blieben und tranken.

»Hier.« Tina reichte ihm einen Blechbecher.

»Kwas«, entzifferte er die kyrillischen Lettern auf dem Fass. Er nahm einen Schluck und war sich nicht sicher, wie es schmeckte. Wie saures, altes Bier, das zu lange offen herumgestanden hatte. Durstig, wie er war, trank er den Rest in einem Zug.

Eine Straßenecke weiter wurde Softeis angeboten, auch hier standen die Minsker an. Tina wollte sich einreihen, aber Spax zog sie weg.

»He. Was ist? Willst du kein Eis?«

»Kein Softeis.«

»Wieso?«

»Kein Softeis! Niemals.«

Da keine weitere Erklärung folgte, beließ es Tina dabei.

Kurz darauf stießen sie wieder auf Menschen, die anstanden. Sie folgten der Schlange, die sich um drei Ecken eines ganzen Blocks zog und schließlich in einem McDonald's-Restaurant mündete.

»Wir sind also nicht die Ersten hier.«

»Das hast du doch nicht wirklich geglaubt?«

»Da kommen wir nie durch. Die Leute haben seit Jahrhunderten auf Cheeseburger gewartet.«

»Ich versuch's trotzdem mal.«

Tina drängelte in Richtung des Eingangs.

Spax sah sich um und bemerkte Leute, die von der Gebäuderückseite kamen mit Hamburgern, Cheeseburgern, Pommes und Cola in der Hand. An der rückwärtigen Tür wurde direkt von der Küche aus verkauft. Ein junger Mann im Anzug mit kurz rasiertem Haar und ernstem Gesicht kassierte, während einer der weiß gekleideten Köche Bestellungen entgegennahm und Essen rausreichte.

»Hi, I'd like to have three Hamburgers, three times fries and three cokes, please.«

»Fifty-four Dollars.«

»What? How much is a Hamburger?«

»Six Dollars.«

»And a coke?

»Six Dollars, too.«

»Fries?«

»Six.«

»Ketchup?«

Der Typ an der Tür antwortete nicht mehr, sondern nahm stattdessen eine andere Order entgegen. Die Dollarnoten hatte er auf ein Bündel gerollt in der Hosentasche.

»I don't have Dollars.«

Der Junge sah ihn nicht einmal an.

»Scheiße.«

Spax wandte sich ab. Die Minsker hatten alle Dollars. Woher bloß?

»Du kannst mir auch deine Uhr geben.« Er blieb wie angewurzelt stehen.

»Nee. Die brauch ich noch. Aber ich hab was anderes ... Bin gleich wieder da!«

Wenn es darauf ankam, wurde also Deutsch gesprochen, das war interessant.

Vor dem Restaurant wartete Tina auf ihn.

»Unmöglich, da vorn prügeln sie sich schon, außerdem kommen die mit dem Frittieren nicht hinterher.«

»Ich weiß, wie wir an was zu essen kommen. Wir müssen aber erst zum Auto.«

Spax hatte es jetzt eilig. Tom wartete schon, allein vor dem Laden. Die Auslagen waren wieder ebenso leer wie die in allen anderen Geschäften.

»Keine Ahnung, wofür die Leute angestanden haben«, sagte er, »zwölf Meter bevor ich drangekommen wäre, war Schluss. Nichts mehr da. Ich versteh das hier nicht.«

»Aber ich. Leute, auf geht's! Jetzt gibt's was zu futtern.«

Er fuhr den Wagen bis an die Rückseite des McDonald's-Restaurants, direkt vor die Küchentür. Aus dem Kofferraum nahm er einen Karton mit zwanzig Wischerblättern, drängte sich damit durch die Ansammlung der Dollarbesitzer und reichte ihn dem jungen Russen an der Tür.

»Markenware, frisch aus dem Westen. Die Besten, die es gibt!«

Der Türsteher nickte anerkennend und rief eine Bestellung nach hinten.

»Wie lange warst du in Deutschland?

»Vier Jahre. In Falkensee.«

»Kenn ich, die Kaserne.«

»Hier.« Er bekam eine große Tüte gereicht, grüßte, ging zum Wagen und verteilte Cheeseburger, Fritten und Cola.

»Leute, hier kommt Spax das Frontschwein, der weltgewandte Ost-Checker. Die Dame zuerst, bitte. Ketchup gefällig? Was sagt ihr nun? Bin ich spitze? Los, sagt es, ich bin spitze!«

»Spax, du bist wirklich spitze«, kam es von Tom.

Tina sah ihn nur an. Spax grinste, und aus den Augenwinkeln registrierte er auch bei ihr ein kleines Lächeln, noch kein Flirt, aber ein Anfang.

»Du bist ein Angeber.«

»Ja.«

Jetzt schaute er sie direkt an, und jetzt war es ein Flirt. Da war er sich sicher.

Sie sahen, wie immer weiter Russen an die Hintertür heranfuhren, Jung und Alt, und die, die kamen, hatten Dollars. Mit großem Interesse beobachtete Spax die Ladas, Moskwitchs und auch die paar Westautos, die darunter waren.

»Und? Fällt euch was auf?«

»Was?«

»Fast allen fehlen die Wischerblätter.«

»Tatsächlich, du hast recht.«

»Logisch hab ich das. Leute, wir sind wieder im Geschäft.«

Ein paarmal verfuhren sie sich noch, aber die Wegbeschreibung, die sie von Intourist Berlin erhalten hatten, war doch genau genug, dass sie am frühen Abend vor der Lobby des Hotels standen, für das sie angemeldet und gebucht waren.

»Wir haben hier ein Doppelzimmer.«

»Und ich muss übermorgen Abend in Moskau sein.«

»Komm, wir gehen rein und versuchen, für dich auch noch ein Zimmer zu bekommen. Ich mach das. Und morgen sehen wir weiter.«

Tom war nicht entgangen, dass zwischen Spax und Tina was in Anfahrt war. Die Großspurigkeit seines Freundes kotzte ihn an, genauso wie die Tatsache, dass Tina ihn völlig ignorierte. Tom hoffte auf ein einfaches bürokratisches Problem, das Tinas Anwesenheit beenden würde, aber wenn Spax in Fahrt war, das wusste er, gelang ihm einiges.

Lampen aus geschliffenem Glas in früher Satellitenform, bestückt mit Glühbirnen in einstelliger Wattzahl warfen ein müdes Licht auf die braun-grünen Tapeten und das billige Holzfurnier der Drahtbeinmöbel. Eine Ausstattung wie in einem Nachkriegs-Hitchcock, nur der muffige Geruch erinnerte daran, dass hier alles echt war. Auf ihrer Etage saß gegenüber dem Lift wie eine Concierge eine dicke Frau in einem winzigen, vorne durch eine angedeutete Theke begrenzten Zimmer, das den Überblick über den gesamten Hotelflur erlaubte. So verfolgte sie alles mit einer dieser Hausmeistermienen, die die Ordnungswidrigkeit und die Zuwiderhandlung als Grundhaltung prinzipiell unterstellte und die sofort Schuldgefühle erzeugte.

Im Zimmer angekommen, ließ Spax sich aufs Bett fallen. Tom trat ans Fenster, zog die Vorhänge zur Seite und sah aus dem 15. Stock auf die Stadt, die sich als Panorama im letzten Licht der Dämmerung genauso hässlich präsentierte wie zuvor.

»Wie ist der Plan?«

»Welcher Plan?«

»Mit Tina, was ist der Plan? Fährt die jetzt mit, mit uns, bis nach Moskau?«

»Klar, Mann ... entspann dich! Die ist in Ordnung. Und ein bisschen Unterhaltung ist nicht verkehrt.«

»Ein bisschen Unterhaltung. Du spinnst total.«

»Die ist in Ordnung, sag ich dir.«

In Minsk wurde die Straßenbeleuchtung eingeschaltet. Schwefelgelb war das Wort, das Tom dazu einfiel. Er starrte aus dem Fenster und sagte nichts mehr.

Der Speisesaal des Hotelrestaurants hatte enorme Ausmaße, er schien ausgelegt für Hunderte von Personen, einen Parteitag vielleicht, dachte Tom, oder einen futurologischen Kongress. Ein paar wenige Tische nur waren besetzt, Männer in dunklen Anzügen, zumeist in Begleitung sehr schöner Frauen. An einem einzigen saßen drei Frauen alleine. Auffallend schöne Frauen. Sie rauchten und sahen sich immer wieder um. Als sie auf ihn aufmerksam wurden, lächelten sie ihn an. Tom lächelte zurück.

Die Tische waren opulent gedeckt: drei Gabeln, zwei Messer, zwei Löffel, drei Gläser, Stoffservietten in silbernen Ringen. Ein Ober brachte ihm die Karte. Tom setzte sich. Die Stühle waren ein bisschen zu niedrig oder der

Tisch war ein bisschen zu hoch. Jedenfalls erinnerte es ihn schlagartig an die Wohnung seiner Großeltern, wo er viele Sommerferientage verbracht und auch nie richtig an den Tisch gepasst hatte. Am Küchentisch hatten schwere Sessel gestanden, und mit seinen sieben Jahren hatte er, selbst wenn er kniete, mit dem Kopf nur gerade so über die Tischkante gereicht.

Spax kam dazu und setzte sich.

»Hast du schon was bestellt?«

»Nein, wie denn, das kann doch keiner lesen.«

Spax winkte den Ober herbei.

»Excuse me, do you have wine?«

»Простите, я Вас не понимаю.«[k]

»Wine? Wein? Vino?«

»Простите, я Вас не понимаю.«[k]

»Bier? *Beer?* Können wir drei Bier haben?«

Der Ober zuckte nur weiter mit den Achseln.

Tina erschien und setzte sich zu ihnen.

»Habt ihr schon was bestellt?«

»Sind gerade dabei. Wasser?«

Mit dem leeren Glas deutete er Trinken an. Da nickte der Ober endlich.

»Wasser, *water.*«

»Gibt's hier kein Bier?«

»Нет.«

»Kein Bier?«

»Wasser?«

»Воды?«[l]

»Woda. Water.«

Spax strahlte.

»Na also. Und jetzt das Essen. Was wollt ihr?«

»Was gibt's denn?«

»Keine Ahnung.«

Spax deutete in die Karte.

»Ist das hier Steak?«

»*Hem.*«

»Was?«

»*Hem.*«

»Das heißt nein.«

»Das weiß ich auch. Aber heißt *njet*: Das ist kein Steak, oder heißt *njet*: Das gibt es nicht?«

»Frag doch ihn.«

»Sehr witzig. Und das hier?«

Er deutete auf eine andere Zeile in der Speisekarte.

»*Hem.*«

»Das?«

»*Hem.*«

»Und das hier? Auch *njet*?«

»*Hem.*«

»*Njet* oder nicht *njet*, das ist hier die Frage.«

Spax war richtig in Fahrt. Die Show war für Tina, klar. Tom war genervt. Kurz darauf brachte der Kellner Essen und Getränke. Ein fettiges Stück Schweinefleisch in klebriger Paprikamasse, Wasser, das nach Schwefel roch, und Wodka.

Sie hielten sich an die dürren Pommes, die Gemüsedeko und hauptsächlich an den Wodka, der allerdings hervorragend schmeckte und zudem das Einzige war, das man nachbestellen konnte.

Bald schon umwehte sie der altbekannte Schwindel, der der Welt die Kanten nahm und alle Eindrücke angenehm abbremste. Die Blondine vom Frauentisch, die Tom immer wieder angelächelt und ihm zugeprostet hatte, saß plötzlich neben ihm.

»Guten Tag, sprechen Sie Deutsch?«

Ihre Aussprache war akkurat, aber die Worte seltsam getrennt, und die Pausen dazwischen sehr deutlich wahrzunehmen. Ein Akzent, der ihm auf Anhieb gefiel.

»Ja.« Er brauchte etwas, um zu fokussieren und sie scharf ins Bild zu nehmen, das lag am Wodka und daran, dass sie sich sehr dicht zu ihm herüberlehnte. Sie war wirklich ausgesprochen hübsch, mit einer kleinen, spitzen Nase und hohen Wangenknochen. Wie Grace Kelly, dachte er, nur mit kurzen, lockigen Haaren.

»Ja«, wiederholte er, »und du auch?«

»Nur ein bisschen.«

Sie lachte und entblößte dabei oben links anstatt ihrer Backenzähne eine größere schwarze Lücke.

»Was machen Sie hier in Minsk?«

»Wir fahren nach Moskau.«

»Ach, ich wohne in Moskau. Ich heiße Anka. Sind Sie Bisinessmän? Möchten Sie Gesellschaft?«

Anka beugte sich jetzt noch dichter an ihn heran, sie wurde noch unschärfer, nur die schwarze Lücke in ihrem Oberkiefer nicht.

»Verkehr geht heute nicht, ich habe Frauensache. Aber mit der Hand ist okay.«

»Entschuldigung«, sagte Tom. Er erhob sich vorsichtig und bemerkte, wie Anka ihm verblüfft hinterhersah. Er bemerkte noch, wie Spax einen Arm um Tina legte, und er bemerkte auch, dass er sich zum Gehen an den umstehenden Tischen und Stühlen abstützen musste.

Das Nächste, was er bemerkte, war, dass er neben Spax' Auto vornübergekrümmt auf Erbrochenes starrte.

Er richtete sich auf und atmete tief durch. Eine einzige Straßenlaterne färbte mit schwachem Natriumdampflicht die Schatten des Geländes fahlgelb, ohne aber irgendetwas aufzuhellen. Darunter glitzerte weich die Luft der Nacht, Feuchtigkeit hatte sich auf den parkenden Autos niedergeschlagen. Es war kühl. Tom hatte keine Lust mehr auf Gesellschaft und so schloss er schwankend die Autotür auf und legte sich auf die Rückbank, wo er sofort einschlief.

M1 – NACHTFAHRT

Der Kleine war hinausgeschwankt, und die Prostituierte hatte sich wieder zu ihren Kolleginnen gesetzt. Irgendwann hatte auch Tina so viele Gläser Wodka getrunken, dass sie lachen musste über ihn und sich eingestand, dass er gut aussah und ihr gefiel. Schon bevor Spax den Arm um ihre Schultern legte, hatte sie darüber nachgedacht, mit ihm aufs Zimmer zu gehen.

Arm in Arm kamen sie die Treppen hoch, und als sie an der argwöhnischen Dicken vorbeigingen, die die Etage bewachte, wurde er an ihrer Schulter immer schwerer. Er musste ihr die Schlüssel überlassen, um aufzusperren. Sobald sie ihn ins Zimmer geschoben und den Lichtschalter gefunden hatte, schwankte er ins Bad. Ihr war klar, dass das heute nichts mehr werden würde, besoffen, wie er war, und der Anflug von heftigem Verlangen, der sie so unerwartet überfallen hatte, war verschwunden.

Einen Moment wartete sie noch, und weil sie aus dem Bad nichts mehr hörte, ging sie dann. Auf dem Weg zu ihrem Hotelzimmer fiel ihr auf, dass sie seine Schlüssel noch immer in der Hand hielt. Der fürs Auto war auch dabei. Sie stand in der Tür zu ihrem Zimmer und betrachtete ihre Reisetasche auf dem traurigen Doppelbett, die

Schwarz-Weiß-Fotografie einer Trabantenstadt im Querformat darüber und den Digitalwecker, dessen rote Ziffern irgendeine vergangene Zeit anzeigten. All das sah sie wie ein Resümee ihres verkorksten Lebens. Ihre Knie begannen zu zittern, und sie spürte, wie ihre Beine nachgeben wollten. Ihre Entschlossenheit und Wut waren fast verbraucht, und übrig blieb ein Hohlraum, der finster und schwer und unabänderlich heranwuchs. Reflexartig nahm sie ihre Tasche, warf die wenigen Dinge, die sie ausgepackt hatte, achtlos hinein und lief fast die Treppen hinab und durch die leere Lobby hinaus auf den dunklen, verlassenen Parkplatz.

Der Wagen sprang sofort an, und bald befand sie sich auf der menschenleeren Ausfallstraße Richtung Osten. Wieder kamen ihr die Tränen und die verzweifelte Erkenntnis, dass sie erneut einfach nur davonfuhr, nicht nur im Moment, sondern natürlich die ganze Zeit schon. So wie sie es immer tat und immer getan hatte.

Früher hatte das mal gut ausgesehen, entschlossen gewirkt und für neue Ausgangslagen gesorgt. Die Hoffnung, damit etwas zu gewinnen, war immer dabei gewesen. Etwas, das bleiben würde, etwas für sie. Dass man dazu selber bleiben musste, nicht übrig bleiben – war das die Angst gewesen? –, sondern dabeibleiben, das war ihr erst sehr spät in den Sinn gekommen. Zu spät, dachte sie jetzt, zu spät. Alles, woran ihr etwas lag, denn darüber dachte sie nach, während sie stur durch die weißrussische Dunkelheit steuerte, schien einen Platz im Leben zu haben, der nicht wirklich in ihrer Nähe war. Nur ihr Platz, wo war der eigentlich? Einmal war sie an Karneval als Eiszapfen verkleidet auf den Ball der evangelischen Jugend gegangen und hatte vor der Damentoilette, wo man sehr lange anstehen musste, einen netten Jungen kennengelernt. Der Junge, Robert, war als Creature from the Black Lagoon maskiert und gerade in einen veritablen Streit mit einem Ölscheich verwickelt, weil die grünblaue Körperfarbe, mit der er sich angemalt hatte, in der Hitze des Fests sich aufgelöst und das weiße Gewand des Ölprinzen neben ihm völlig eingesaut hatte. Robert bewunderte ihre Kostümkreation aus Stanniolpapier, durchsichtiger und blauer Plastikfolie, und ihr gefiel sein dünner Körper unter der verschmierten Farbe und der Elan, mit dem er, halb nackt, den Ölscheich rhetorisch zur Schnecke machte. Robert war ihr zweiter echter Freund geworden, und er wäre vielleicht sogar der Richtige gewesen, wenn er nicht so feucht geküsst hätte. Nach den ersten vor Verliebtheit besinnungslosen Tagen war ihr das unangenehm aufgefallen, und damit war es schon passiert. Ihre Lust schwand mit jedem Kuss und dem Übermaß an Speichel, den er beim Küssen produzierte. Nichts ging mehr, nicht dass er das gemerkt hätte oder sie ihn das hätte merken lassen. Sie war so gern mit ihm zusammen, er war sympathisch und bei Weitem der witzigste und intelligenteste Bursche weit und breit. Und er hatte sie richtig geliebt. Aber es ging einfach nicht.

Die Entscheidung, es mit der Schauspielerei zu versuchen und dazu gleich nach Berlin zu ziehen, wurde forciert, und mit der Resolutheit, für die sie bekannt war, meldete sie sich für den Vorbereitungskurs zur Aufnahme an Schauspielschulen an der privaten Ausbildungsstätte für Akrobatik, Tanz und Schauspiel »Die Empore« in Berlin an und versetzte so ihren Eltern und vor allem Robert einen schweren Schlag. Robert hatte damals Chemie studiert, im ersten Semester. Ein Leben an der Seite eines Chemikers, dazu hatte sie damals kein Bild gehabt. Vor ein paar Jahren aber, als sie Besuch bekam von einer ehemaligen Schulfreundin, die zur Fortbildung an einer speziellen Rückenschule nach Berlin gekommen war, hatte sie erfahren, dass Robert das Chemiestudium geschmissen hatte. Jetzt lebte er zusammen mit einer Frau, Andrea, die sie auch noch vage von der evangelischen Jugend her kannte, einer Frau, die sie immer um ihre ausladenden Brüste beneidet hatte und von der sie stets angenommen hatte, sie sei lesbisch, und führte einen mittlerweile gut gehenden Biobauernhof. Und für einen kurzen Moment sah sie sich mit Kopftuch in einem Stall stehen und mit der Mistgabel schwere körperliche Arbeit verrichten vor ihren Kühen, die Tilda, Sophia, Juliette und Jeanne hießen. Sie war glücklich in diesem Bild, in dem Robert durch den Stall kam und sie, während sie sich den Schweiß von der Stirn strich, auf den Nacken küsste, liebevoll und trocken.

Wie aus dem Nichts tauchte plötzlich aus der Dunkelheit ein glitzerndes weißes Augenpaar auf, direkt vor ihr. Die ausgebreiteten Schwingen der Eule nahmen ihr für einen Moment die gesamte Sicht, ehe der Vogel mit dem Hakenschnabel auf die Windschutzscheibe knallte und über das Auto flog. Vor Schreck riss sie den Wagen herum und brachte ihn mit einer Vollbremsung schlingernd zum Stehen.

Es war stockfinster. Niemand und nichts war zu sehen. Der Wagen hing mit den Vorderrädern schon auf der Grasnarbe. Tina hörte ihr Herz schlagen und ein leises Stöhnen, das aber nicht ihres war.

»Was ist denn hier los?«, sagte Tom. Er rappelte sich von der Rückbank hoch.

»Tina! Wo sind wir? Was ... Was tust du? ... Hast du dir wehgetan?«

»Ich ...« Sie begann zu schluchzen, vor Schreck, vor Erschöpfung, aber vor allem vor Erleichterung, dass sie nicht allein war.

Tom half der zitternden Tina auszusteigen und auf dem Beifahrersitz Platz zu nehmen. Er gab ihr eine Handvoll Erdnüsse, die sie gerne annahm, ganz langsam öffnete und mit einer Konzentration aß, als hinge ihr Überleben in der nächsten Stunde davon ab.

Tom übernahm das Steuer und wendete. Die ersten Meter fuhren sie ganz langsam, inspizierten aufmerksam den Asphalt und, so weit das Licht seitlich ausstrahlte, auch den Seitenstreifen. Sie waren froh, keinen verletzten Vogel zu finden, und hofften, dass auch der Uhu mit dem Schrecken davongekommen war.

Bald fing Tina an zu sprechen und erzählte, dankbar, dass Tom sie mit Fragen und Vorwürfen verschonte, was und wen sie in Moskau suchte, warum sie unterwegs war und wie es in ihr aussah. Mit ihrem nächtlichen Ausflug hatten sie tatsächlich mehr als hundertfünfzig Kilometer von Minsk in Richtung Osten zurückgelegt, hundertfünfzig Kilometer, die Tom jetzt zurückfahren musste. Es war klar, dass sie es gerade so zum Frühstück ins Hotel schaffen würden. Hinter ihnen dämmerte es bereits, und Tom fuhr schweigend und aufmerksam, während Tina redete und redete und immer wieder Erdnussschalen aus dem Fenster warf, auf die M1 zwischen Minsk und Smolensk.

SMOLENSK I – SCHMERZEN

Ein mürrischer Kellner brachte ihnen dünnen grauen Kaffee, Schwarzbrot und Marmelade in kleinen Plastikpäckchen, die aussahen, als stammten sie noch aus der Chruschtschow-Ära. Die zweisame Autofahrt und der glückliche Ausgang dieses Abenteuers hatten die Komponenten ihrer Beziehungschemie neu vermengt und sortiert. Sie aßen mit Appetit, wortlos, aber mit Sympathie füreinander. Sie waren die ersten und lange Zeit auch die einzigen Gäste im kalten Frühstückssaal des Hotels Internationale Freundschaft in Minsk.

»*Good morning*«, begrüßte sie Spax. Im Schlepptau Anka, frisch geschminkt. Sie setzten sich zu Tom und Tina.

»Darf ich vorstellen? Anka, sie kommt aus Moskau und hat gefragt, ob wir sie mitnehmen können bis dahin. Ihre Freundinnen bleiben noch ein bisschen, aber sie muss zurück, nach ihrer Familie sehen. Wir haben uns gestern in der Bar getroffen. Sie spricht spitze Deutsch.«

»Ich weiß«, antwortete Tom.

Die allgemeine Verblüffung verursachte nur eine kleine peinliche Pause. Niemand machte Meldung über die Aktivitäten der vergangenen Stunden oder versuchte sonst irgendetwas aufzuklären.

»Ah, da ist ja mein Schlüssel, den hab ich schon gesucht.« Damit war auch das Unausgesprochene geregelt und klar, dass keine weiteren Fragen gestellt werden würden.

Während Tom und Tina ihre Zimmer bezahlten, versuchte Spax, den Wagen ein wenig zu säubern. Erdnussschalen und Zigarettenasche hatten sich so fein verteilt, dass er es bald aufgab und nur die losen Wischerblätter in den Kofferraum packte. Anka nahm vorne neben ihm Platz, Tom und Tina stiegen in neuer Eintracht in den Fond. Entspannt lenkte Spax den Wagen über den Parkplatz und die Ausfallstraße auf die Autobahn, den Weg nach Osten, den der Wagen schon kannte.

Die ersten Stunden verliefen ruhig und schweigsam. Eine Zufriedenheit lag über den Gefährten, ein jeder hing seinen Gedanken nach. Spax steckte noch der peinliche Blackout auf der Toilette in den Knochen, der doch mehr als eine Stunde gedauert hatte, genauso wie das darauffolgende ergebnislose panische Suchen seines Schlüssels. Besoffen, wie er gewesen war, hatte er keinen einzigen klaren Gedanken fassen können, und da er weder Tom noch Tina finden konnte und dann sogar der Wagen verschwunden war, hatte er beschlossen, nicht vollständig durchzudrehen, sondern einfach weiterzutrinken und auf das Wunder des nächsten Tages zu hoffen. Eine kluge Entscheidung, wie er jetzt befriedigt feststellte. Schlüssel, Wagen und Begleiter waren wieder aufgetaucht, und in der Bar hatte er dann Anka näher kennengelernt, die nicht nur ordentlich was vertrug, sondern ihm auch versprochen hatte, mithilfe ihrer Moskauer Freunde das mit den Wischerblättern klarzumachen.

Kilometer um Kilometer fraßen sie sich nach Osten vor durch eintöniges birkenbestandenes Sumpfland, unterbrochen nur dann und wann, wenn sie eine Geschwindigkeitskontrolle passierten und anhalten mussten. Mit jedem dieser Stopps verlor der russische Beamtenapparat etwas von seinem aus Geschichtsbüchern und schwarzweißen Fernsehdokumentationen angelernten Schrecken. Zuerst waren die Polizisten vor allem sehr erstaunt, wer ihnen da in die Radarfalle geraten war, wenn der Westwagen vor ihnen stehen blieb. Spax stieg dann gerne aus und bot den Beamten Zigaretten an. Natürlich ließen sie sich immer alle Papiere zeigen, die auch genauestens kontrolliert wurden, und natürlich war immer auch eine Strafe zu bezahlen. Die Anzeigen der Laser- oder Ultraschall- oder Infrarot- oder was auch immer Kanonen, die die Polizisten Spax als Beweis für seine Geschwindigkeitsübertretung sogar zum Selbstablesen in die Hand gaben, zeigten stets weit mehr als die vorgeschriebene Richtgeschwindigkeit an. Wie die Zahlen ermittelt worden waren, war nie nachvollziehbar, die Ziffern erschienen fast zufällig, wie bei einer Lotterie gezogen, aber das war Spax egal. Denn die Strafe belief sich immer – und das gefiel ihm wirklich – auf entweder zehn Rubel, zehn D-Mark, zehn Zigaretten oder zehn Wischerblätter. Die russische Zehnerkonstante, wie er es bald nannte, wurde nur ein einziges Mal durchbrochen: als sie von einem einzelnen Polizisten angehalten wurden, der auf seinem defekten Messgerät einfach eine für alle vorbeikommenden

Wagen pauschal ermittelte Geschwindigkeit von 77 Stundenkilometern mit Kugelschreiber auf einem Stück Klebeband über der Anzeige notiert hatte. Der Beamte begnügte sich mit 7 Wischerblättern und einer Zigarette.

Mit den Russen konnte man reden, dachte Spax, wenn er rauchend mit den Männern zusammenstand und gerne ihre Fragen beantwortete, zu den Chancen der deutschen Fußballnationalmannschaft bei der bald anstehenden WM und, viel diffiziler, warum er eigentlich keinen deutschen Wagen fuhr. Seine Begleiter nutzten die Pausen dann zum Pinkeln, und nur Tom gesellte sich manchmal zu ihm und den Russen und rauchte mit.

Den zweiten obligatorischen Grund zum Anhalten lieferten die dicken Babuschkas am Straßenrand mit ihrem Gemüsesortiment. Immer gab es Karotten, Gurken und Kohl im Angebot, immer nahmen sie die Karotten und Gurken und nicht den Kohl, und immer gab es eine Gurke, die nach Gurke schmeckte, und eine, die bitter und ungenießbar war. Das zweite große russische Rätsel von fast quantenphysikalischer Qualität: Die Gurke entschied in dem Moment, in dem sie angebissen wurde, ob sie lecker oder bitter schmeckte, abhängig davon, von welcher Seite der Zubiss erfolgt. Das gefiel Spax so sehr, dass er ein paarmal einfach lauthals loslachen musste.

The sky is clearing and the night has gone out/The sun, he come, the world to soften up/Rejoice, rejoice, we have no choice but to carry on.(6)

No choice but to carry on, der Soundtrack zu Spax' aktueller Stimmung. Er war sehr zufrieden mit der Reise, mit seiner Begleitung und mit sich und seiner Rolle als Reiseleiter, und er war der Meinung, dass es, ginge es nach ihm, eigentlich immer so weitergehen durfte.

Allerdings hatte er seit dem Morgen ein konstantes Klopfen in seinem Kopf verspürt, das er zuerst noch der Sauferei des Vorabends zugeschrieben hatte. Als sich der Kater aber mit jeder Gurke und der frischen weißrussischen Waldluft immer mehr verflüchtigte, ließ sich das Klopfen präziser und stechender in seinem Unterkiefer lokalisieren. Bald beherrschte der Schmerz sein gesamtes Denken und Fühlen, und er hatte den Eindruck, dass man, was immer ihm da pochend und anschwellend wuchs, schnellstens behandeln sollte.

»Ich habe Zahnschmerzen«, gestand er schließlich, und in den Blicken seiner Gefährten spiegelte sich vor allem seine Furcht wider.

Bald schon musste Tom das Steuer übernehmen, und Anka, die sich auch in Smolensk hervorragend auskannte, lotste sie, als sie in der Stadt ankamen, direkt bis vor das Krankenhaus, das laut Intourist für Ausländer zuständig war.

Das Gebäude ähnelte mit seinem verblassten und abgeblätterten lindgrün-babyblauen Anstrich einem seit den Fünfzigern aufgegebenen Kindergarten. Tom half Spax, dem vor Schmerz schon heftig die Augen tränten, während Anka vorausging. Tina entschied, im Auto warten zu wollen.

Sie stiegen marode Fertigbetontreppen hinauf, wo sich rostender Stahl und russisches Unkraut begegneten. Anka lotste sie an einer Reihe unbesetzter Schalter vorbei und über einen langen, dunklen Gang, in dem die Deckenlampen alle ohne Birnen waren, in den Warteraum der Ambulanz.

Der Raum war überfüllt mit Menschen, alle Bänke und Stühle waren besetzt, viele standen, einige kauerten am Boden oder an der Wand, und alle hatten sie Zahnschmerzen. Gestalten wie aus einem Kostümfilm über das frühe 18. Jahrhundert. Gesichter, wie sie heute eigentlich so nicht mehr auf der Straße zu finden waren, jedenfalls nicht in Deutschland.

Gebeugte, krumme Menschen, viele alte Frauen. Die wenigen Männer hatten zum Teil lange Bärte und rote, vom Alkohol aufgedunsene Gesichter. Der Geruch im Raum war beißend säuerlich, alter Schweiß und darunter die ätzende Schärfe des Krankenhausdesinfektionsmittels. Niemand sprach. Man hörte Niesen, Krächzen und Räuspern, Kratzen, Schaben und Scharren. Die gelblichbraune Dämmerstimmung rührte vom Zeitungspapier her, mit dem man die Glasscheiben verklebt hatte, und vom Staub, der dicht und alles dämpfend in der Luft hing. Ein Ende des Raumes war nicht zu erkennen, wer oder was sich da hinten in der Finsternis befand, war nicht auszumachen. Aufzeichnungen aus einem Kellerloch, dachte Tom, und er richtete sich gedanklich ein auf eine mehrjährige Wartezeit hier im Zahngulag.

Tom und Spax gegenüber saß eine Frau unbestimmbaren Alters mit rot geschwollener Wange, die ihr Gesicht enorm verzerrte. Den harten, großen Händen nach zu urteilen, eine Bäuerin, vermutete Tom. Ihre Füße steckten in Pantoffeln, um die sie in mehreren Lagen Lappen gewickelt hatte. Sie trug ein Tuch um den Kopf gebunden, ein Bild aus alten Kinderbüchern. Sie lächelte Tom trotz der Schmerzen, die sie haben musste, mit einem letzten schwarzen Schneidezahn im Mund freundlich an. Wie zum Trost hielt sie ihre Hand an die Backe, und ihre Augen strahlten vor Verständnis und Mitleid. Sie wirkte wie aus einer Käthe-Kollwitz-Zeichnung. Etwas Klares und Wahres in einfachen Strichen und Linien, ein Blick voller Kraft und Liebe und Mitgefühl zugleich. In der großen Ausstellung im Brücke-Museum vor ein paar Jahren war Tom auf das Bild einer Arbeiterfrau in petrolblauem Tuch gestoßen. Eine große Dunkelheit war um das Gesicht herum, ein schmaler Strahl hartes Licht streifte von hinten nur die Wange, und es sah aus, als fiele es an der Frau und deren Leben vorbei. Ein Licht, dessen Helligkeit für andere bestimmt, das hier in diesem Leben nur Schatten auf die Gesichter legte. Ihre Augen sahen nach unten, der Blick aber ging nach innen. Sie wirkte besorgt, und man ahnte ein arbeitsames Schicksal, Entbehrung und eine große Last, die sie zu tragen hatte. Tom erinnerte sich, wie vor dem Porträt ihn seine Gedanken fortgetragen hatten und wie erfüllt er nach dem Ausstellungsbesuch durch die Stadt gelaufen war. Erfüllt von der Rührung, die er erfahren hatte, erfüllt von der Kraft der Kunst. Wann hatte er aufgehört zu zeichnen? Und warum? Irgendwo in dem erwachsenen Leben, das immer mehr Raum einnahm, sich mit einer Macht ausbreitete und die Tage anfüllte mit Lohnsteuerkarten, Krankenkassenbescheinigungen und Sozialversicherungsnachweisen, mit Mietbescheiden, Dispo-Krediten, Waschsalons, Wartezimmern,

Wurzelbehandlungen, mit Kassenschlangen, Nahverkehrsmitteln, Flaschenpfand, Squashzentren, Bier und Zigaretten und Arbeit, Arbeit, Arbeit, irgendwo da waren sie wohl verloren gegangen, seine Freude an der Kunst und die Lust und die Konzentration, die dafür nötig war. Er hatte sich ablenken lassen von den Routinen des Alltags. Da war Bequemlichkeit im Spiel und, das sah er jetzt, auch schon Müdigkeit.

Anka kam mit einem Arzt um die Ecke, auf den sie heftig im Flüsterton einredete. Er besah sich Spax und führte ihn an all den armen Wartenden vorbei ins angrenzende Behandlungszimmer. Tom wunderte sich, dass kein Protest erhoben wurde ob dieser Vorzugsbehandlung. Die alte Frau ihm gegenüber lächelte nur und nickte weiter und Tom lächelte zurück. Was er aber in dem kurzen Moment durch die geöffnete Tür gesehen hatte, beunruhigte ihn doch sehr. Das hatte nichts mit dem Jahr 1990 zu tun, sondern mit *Doktor Eisenbart*. Der Behandlungsstuhl mit seinen großen Keilriemen, dem Fußpedal, und den überdimensionierten Stahlbohrern war zweifelsohne tauglich als Exponat in einem Foltermuseum. Dass Spax damit geholfen werden konnte, schien zweifelhaft.

Anka setzte sich zu ihm.

»Der Arzt meint, eine Wurzel ist schwer entzündet. Sie geben ihm Penicillin und Anästhesie. Aber der Zahn muss raus. Ist nicht so schlimm.«

»Ist das ein normales russisches Krankenhaus?«

»Ein allgemeines Krankenhaus, ja.«

Er mochte Anka, sie war süß und freundlich und liebenswert, aber irgendetwas war auch seltsam an ihr, und er dachte das nicht, weil sie offensichtlich als Prostituierte arbeitete. Der Umstand, dass sie sich ihnen so spontan angeschlossen hatte, wunderte ihn, und ihm war aufgefallen, wie sich bei den Polizeikontrollen der Respekt der Beamten ihr gegenüber geändert hatte, sobald sie einen Blick in ihren Pass geworfen hatten. Irgendetwas war da noch mit ihr, zusätzlich zu ihrem hübschen Gesicht und der Zahnlücke und der süßen Aussprache und der bestimmt ganz angenehmen Gesellschaft, die sie versprach.

»Was machst du eigentlich in Moskau?«

»Ich besuche mein Kind.«

»Du hast ein Kind?«

»Ich habe sogar zwei. Der Ältere ist aber auf dem Internat.«

»Zwei Kinder?«

»Ja.«

Sie lächelte und sah dabei sehr hübsch aus.

»Du kannst mitkommen, wenn du willst, und meine Tochter sehen. Sie lebt mit ihrer Großmutter in Moskau.«

Eine plötzliche Unruhe erfasste die Kulisse, und zwei weiß gekleidete, ungewöhnlich junge Menschen stürmten, ein paar der Wartenden beiseitestoßend, durch den Raum und in das Behandlungszimmer.

»Spax ist was passiert«, sagte Tom, und er und Anka sprangen auf und folgten den Ärzten. An der geöffneten Tür sah er vier Mediziner sich über seinen wie leblos daliegenden Freund im Behandlungsstuhl beugen und hektisch an ihm herumhantieren. Eine Krankenschwester kam erschrocken auf Tom und Anka zugerannt und knallte ihnen die Tür vor die Nase.

SMOLENSK II – NACHWIRKUNGEN

Die Betonwände des Raumes waren mit einem blassgelben, speckig glänzenden Lack gestrichen und liefen abgerundet in Boden und Decke aus. Zum großflächigen Ausspülen, dachte Tom, der auf einer Pritsche saß und wartete. Ihm gegenüber auf einer identischen Pritsche lag Spax und schlief. Außer den Liegen mit den Rosshaardecken war der Raum kahl, und aus einem der Heizungsrohre unter der Decke tropfte es. Das Fenster des Souterrainraumes war vergittert, und nur die offene Tür erinnerte daran, dass dies keine Gefängniszelle, sondern der offizielle Ruheraum des Krankenhauses war.

Spax hatte wegen einer Penicillin-Unverträglichkeit einen anaphylaktischen Schock erlitten und sein Kreislauf war zusammengebrochen. Er hatte Adrenalin gespritzt und eine Infusion gelegt bekommen, und da die Lokalanästhesie bereits gewirkt hatte, war der Zahn en passant auch noch gezogen worden. Danach hatten sie ihn und Tom zum Ausruhen hierher gebracht. Anka hatte lange auf die Ärzte eingeredet und war dann in die Stadt gegangen, um, wie sie sagte, Intourist zu informieren. Das war vor mehr als drei Stunden gewesen, und seitdem wartete Tom. Niemand hatte nach ihnen gesehen, niemand war vorbeigekommen.

Die Stille war so komplett wie nachts in einem leeren Filmstudio. Das Krankenhaus war abgedreht, und die Filmcrew mit den Arztdarstellern und den kostümierten Statisten im Warteraum war nach Hause gegangen. Oder weiter zum nächsten Motiv. Zurückgelassen hatten sie ihn, den Tonassistenten, wie üblich, damit er ungestört die letzten Töne aufnahm. Letzte Töne.

Als erfahrener Tonassistent konnte Tom die Qualität dieses Raums beurteilen. Wassertropfen auf Beton, Spax' tiefes, regelmäßiges Atmen und das Surren der Leuchtstoffröhre, sonst war nichts zu hören. Nurtöne, einzeln und sauber getrennt, und dazu die sogenannte Raumatmo, kalt und dumpf.

Tom schloss die Augen und dachte an die vielen seltsamen Orte, an denen er im Auftrag seines Tonmeisters schon gewesen war. Orte, die er kaum gesehen, aber intensiv gehört hatte. Im Innenraum eines Milchtransporters hatte er verschiedene Schlüssel auf die abgerundete Edelstahlhülle fallen lassen. Auf einem Weingut hatte er einmal in dem Raum, in dem noch traditionell Trauben mit den Füßen ausgepresst wurden, eine halbe Stunde das Mikrofon auf die blubbernden und glucksenden Traubenreste in dem gemauerten Bottich gerichtet, und nie vergessen würde er dieses Geräusch in der Höhle auf Madeira, ein tiefes Brummen, das im Stein von überall her immer näher kam und sich in einem Zischen mit heftigem Nachhall in die Höhe der Höhle entlud, wenn die Geysirquelle spuckte.

Spax öffnete langsam die Augen. Er setzte sich auf und grinste.

»Wie geht's?«, fragte er.

»Wie geht es *dir*, Spax!«

»Okay. Ganz okay. Wo sind wir?«

»Im Keller des Krankenhauses. Sie haben dich hierher gebracht.«

»Mann, ich hab die ganze Zeit versucht, denen klarzumachen, dass ich kein Penicillin vertrage. Aber die haben mich nicht verstanden. Eine Spritze und schon ging's los. Der Mund wird trocken, Finger und Füße taub und dann kippe ich um.«

»Kannst du aufstehen?«

»Klar.«

Ein bisschen wackelig noch erhob er sich, und zusammen verließen sie den Ruheraum. Niemand weit und breit, keinerlei Hinweisschilder, nichts deutete auf den Rückweg ins Krankenhaus oder einen regulären Ausgang hin. Das Gefühl, abgestellt und vergessen worden zu sein, wurde zur Gewissheit.

Im Flur mussten sie die Köpfe einziehen, so tief hingen die Versorgungsrohre. Ein Gang und noch ein Gang, sie gingen auf gut Glück los, eine Treppe, eine Tür, dann standen sie im Freien, hinter dem Krankenhaus auf einem Platz aus verwitterten und zerbrochenen Fertigbetonplatten, verloren und erleichtert, und blickten blinzelnd in den Smolensker Spätnachmittagshimmel, aus dem gerade die ersten Regentropfen fielen.

Sie fanden Tina im Wagen auf dem Parkplatz vor dem Gebäude, schlafend, und fuhren, da von Anka nichts zu sehen war, los. Im Hotel gaben sie ihre Pässe ab und bezahlten. Anka tauchte an diesem Abend nicht mehr auf. Im Restaurant gab es exakt dieselben Speisen und Getränke wie in Minsk. Sie hielten sich zurück mit dem Wodka und trennten sich bald, müde waren sie alle.

Trotzdem konnte Tom nicht schlafen. Während er den dünnen Nieselregen vor der Fensterscheibe betrachtete, zog er eine erste Bilanz seiner Eindrücke hinter dem Eisernen Vorhang. Alte Männer gab es nicht, die waren im Großen Vaterländischen Krieg gefallen oder hatten sich totgesoffen. Die Sowjetunion wurde zusammengehalten von einer Armada dicker alter Frauen, die gemächlich die Straßen fegten, Softeis und Kwas verkauften, die Hotelflure bewachten und Gemüse am Straßenrand anboten. Und bis auf diejenigen, die die Hotelflure bewachten, waren alle ausnahmslos freundlich und gut gelaunt.

Das saure, abgestandene Kwas gab es an wirklich jeder Straßenecke. Und ansonsten nur fettiges Schweinefleisch und Wodka. Kein trinkbares Wasser, keinen Wein oder Bier. Es gab fast nichts zu kaufen in den Geschäften, und wenn es etwas gab, musste man lange anstehen für etwas, das man gar nicht wollte. Und es gab tatsächlich kaum ein Auto mit Scheibenwischerblättern, allerdings hatte ihnen bisher auch noch niemand welche abgekauft. Geld hatten die Menschen, die sie trafen, keins. Es wurde ja auch nicht wirklich gebraucht.

Die Russen waren freundlich und geduldig und wahrscheinlich die größten Softeisesser der Welt. Die vorherrschende Farbe war Mittelgrau. Alles war im Verfall begriffen. Das Land und die Leute hatten schon einmal bessere Zeiten gesehen.

Sie selber passten da so gar nicht ins Bild, sie waren zu bunt gekleidet und bewegten sich zu schnell.

Er dachte an Nia, an ihre unglaublich weichen Fußsohlen, die Lebenslinien aufwiesen wie anderer Leute Handflächen, und an die kleine weiße sichelförmige Narbe, die er entdeckt hatte, da wo ihr Po in den Oberschenkel überging. Dort war sie als Kind noch in einem Teheraner Vorort von einem Hund gebissen worden. Wie seltsam das Leben war, dachte Tom und überlegte, woher in der UdSSR er wohl einen weichen Bleistift und einen Skizzenblock bekommen könnte.

DREI BIER IN MOSKAU

Spax kontrollierte Kühlwasser und Öl. Tom war über die Karte gebeugt.

»Noch ungefähr 400 km.«

»Das schaffen wir bis zwei Uhr! Dann sind wir in Moskau!«

»Und dann?«

Sie sahen einander an. Und dann?

»Dann sehen wir weiter.«

Tom nahm den zusammengefallenen Erdnusssack aus dem Wagen. Nur noch der Boden war bedeckt. Sie hatten einen ganzen Sack Nüsse gegessen.

»Die Grundnahrungsmittel gehen zu Ende.«

»Ich weiß. Viel schlimmer ist aber«, Spax kam um den Wagen herum und öffnete den Kofferraum, »der Warenbestand schwindet ebenfalls.«

Tom sah, dass bereits eine große Menge Wischerkartons fehlten. Polizeikontrollen, Einkäufe, Gefälligkeiten und Geschenke. Durchzukommen hatte seinen Preis im Osten.

»Das ganz große Geschäft wird das nicht mehr.«

»Glaubst du immer noch ernsthaft, dass du die hier zu Geld machen kannst?«

»Ich will es jedenfalls versuchen. Deshalb sind wir hier.«

»Ich weiß nicht so genau, warum ich hier bin«, erwiderte Tom. »Was ich weiß, ist, dass ich auf 1500 Kilometern noch niemanden gesehen habe, der uns irgendetwas abgekauft hätte. Oder abkaufen würde. Oder könnte. Womit auch? Mit diesen labbrigen Rubelscheinen? Die nehmen die Wischerblätter gerne geschenkt, und genau das sollten wir auch machen, Spax. Die Teile verschenken, Moskau anschauen, das letzte Geld auf den Kopf hauen und dann ab nach Berlin zurück.«

Spax stieß mit der Stiefelspitze gegen die Reifen des Datsuns, wie eine Aufforderung, auch die Meinung des Autos dazu zu hören.

»Anka meint, ihre Freunde in ...«

»Ankas Freunde in Moskau? Entschuldige mal. Die Frau bietet ›Bisinessmän‹ ihre Gesellschaft an. Sie kennt jede Intouriststelle und jeden Hotelportier. Sie steigt einfach so mir nichts, dir nichts bei uns ein und fährt mit, und alle Polizisten zucken zusammen, wenn sie in ihrem Pass blättern. Willst du wirklich ihre Freunde kennenlernen?«

»Und sie sieht gut aus ...«

»Ja allerdings. Hier, die Letzten.«

Tom reichte Spax eine Handvoll Erdnüsse. Sie aßen. Stille. Ein Moment der Besinnung.

»Möchtest du wirklich Ankas Freunde kennenlernen?«, wiederholte Tom seine Frage.

»Ich möchte Anka kennenlernen.«

Wieder gab es eine Pause. Die Erdnüsse waren endgültig gegessen, und den leeren Jutesack warf Spax ins sowjetische Unkrautgebüsch.

»Tja dann ... Wo bleiben eigentlich die Frauen?«

Tina war am Morgen nach dem Frühstück auf einen Spaziergang in die Stadt gegangen, sie sollte jeden Moment zurück sein, und Anka war seit gestern Nachmittag überhaupt noch nicht wiederaufgetaucht.

Tom und Spax tranken Kwas an der Ecke und hatten zwei Zigaretten geraucht, als Tina gut gelaunt mit einem Stapel roter Schallplatten unter dem Arm ankam.

»Eine schöne Stadt. Ich war in der Erzengel-Michael-Basilika und bin an der Stadtmauer entlang. Ich habe einen Plattenladen gefunden und euch was mitgebracht.« Von ihrem Stapel reichte sie Spax und Tom je eine der mit Goldlettern bedruckten knallroten Schallplatten.

»Die *Internationale* und die sowjetische Hymne. Als Erinnerung. Und, das Allerbeste. Ich habe ... Tusch! ... Schokolade.«

Sie hielt zwei Tafeln hoch.

»Hey, wo hast du die denn her?«

»In der Altstadt – oder was von der Altstadt noch übrig ist – rasen plötzlich zwei Militärlaster an mir vorbei und halten auf dem kleinen Platz vor der Basilika. Aus allen Ecken kommen Leute zusammengeströmt und stellen sich brav an. Ich sofort dazu, zum Glück, denn als die Soldaten die Planen aufmachten und die Klappen hochfuhren, ging die Schlange schon dreimal um den Platz und immer noch kamen Leute. Und dann fangen die Soldaten an, direkt vom Laster runter Schokolade zu verkaufen. Ganz geduldig und ohne Gedrängel läuft das ab und in einer unheimlichen Stille. Hat ewig gedauert, aber jeder hat zwei Tafeln bekommen für ein paar Kopeken. Ich auch.«

Tatsächlich war das ein gespenstischer Moment gewesen. Der Zustand des Landes, die Lage der Menschen und ihr Gleichmut dazu, in einem einfachen Bild.

Tina hatte den Platz mit einem schlechten Gewissen verlassen. Mittlerweile hatten Hunderte angestanden, das Ende der Schlange war nicht zu sehen gewesen. *Einer* russischen Familie zumindest hatte sie die Schokolade weggekauft.

Anka kam und küsste alle dreimal auf die Wangen und Spax einmal auf den Mund. Auch sie hatte Schokolade dabei. Sie stiegen in den Wagen und fuhren los. Bis sie auf die Umgehungsstraße kamen, sahen sie immer wieder Menschen aus Smolensk in Gruppen beieinander oder alleine Schokolade essen.

Ihre Fahrt war einmal als gemeinsames Unternehmen gestartet. Im Wagen hatte sich jetzt eine Sitzordnung etabliert, die eine Verschiebung im Gefüge signalisierte. Anka hatte sich wie selbstverständlich auf dem Beifahrersitz eingerichtet. Toms Platz war offensichtlich auf der Rückbank bei Tina. Sein Freund Spax verlor hormonell bedingt irgendwie die Übersicht, das gefiel Tom nicht, und Hintensitzen gefiel Tom auch nicht. Er sah zu Tina, die mit den Schultern zuckte. Sie schien zu verstehen. Tina war ihm nach den Offenbarungen während ihres nächtlichen Ausflugs viel sympathischer geworden. Was ihr zugestoßen war, war eine Schweinerei und tat ihm leid. Viel mehr noch aber gefiel ihm ihre ausgesprochen mutige Entscheidung, sich nicht zu fügen, sondern Leonid zu stellen.

Jetzt, wo es auf Moskau zuging, wurde Tina langsam nervös. Bald musste sie eine Entscheidung treffen, bald brauchte sie einen Plan. Sie nahm Leonids Karte aus der Tasche und starrte zum hundertsten Mal darauf. Dann reichte sie sie der Frau vom Geheimdienst nach vorn, denn das war Anka für sie, die Frau vom Geheimdienst.

»Anka, kannst du mir vielleicht sagen, wo diese Postkarte aufgenommen wurde.«

Anka betrachtete das Bild nur kurz, las den Text und brach in schallendes Gelächter aus. Natürlich hatte sie sofort den Zusammenhang zwischen der Karte von einer Ehefrau und dem gebrochenen Herzen einer Freundin begriffen.

»In Moskwa gibt's ungefähr dreihunderttausend Leonids, Schätzchen, und fünfzig Siedlungen oder noch mehr, die genau so aussehen. Du hast keine Chance. Außerdem: Russische Männer kannst du eh vergessen.«

Sie reichte ihr die Karte zurück, zündete zwei Zigaretten an, eine für sich, die andere schob sie Spax zwischen die Lippen. Einen Moment überlegte Tina, ob sie der arroganten Russin von hinten die Absätze ihrer Cowboystiefel in die Nieren rammen sollte. Aber die Frau war nicht ihr Problem, sondern eines der Jungs.

Der Datsun rumpelte weiter über die Betonplatten nach Osten, und Anka begann zu singen, auf Russisch, ein leises melancholisches Lied. Spax sah zu ihr rüber und bemerkte, dass ihre Augen glänzten.

»Was singst du da?«

»Ein Kinderlied, zum Einschlafen, das hab ich meinen beiden immer vorgesungen.«

»Du hast Kinder?«

»Selbstverständlich«, antwortete sie. »Ich fahre jetzt zu meiner Mutter, wo auch meine Tochter ist. Ich habe sie schon lange nicht mehr gesehen.«

Die neue Situation verursachte in Spax' Innenleben nur kurz ein Durcheinander. Spontane Souveränität war seine Stärke.

»Dann müssen wir aber vorher anhalten und ein Geschenk kaufen. Wir können nicht mit leeren Händen kommen. Das geht gar nicht. Und Wischerblätter will deine Tochter bestimmt nicht, schätze ich.«

Spax war so verknallt, dass Tom fast kotzen musste. Im Datsun hatte sich eine regelrechte Front gebildet. Vorne, frohgemut nach Osten ziehend, ein Hochdruckgebiet, gefolgt von einer Rückbank der Enttäuschten, auf der Tinas Verlorenheit immer kälter wuchs. An der Schnittstelle lud sich die Luft elektrisch auf.

Ganz allmählich, nicht dass es zuerst wirklich aufgefallen wäre, veränderte sich etwas. Der Waldrand wich von der Straße zurück, immer zahlreicher wurden die Ortschaften, durch die sie fuhren, und immer mehr Schilder und Zeichen waren zu sehen. Am auffälligsten war, dass sie nicht mehr allein auf der Straße unterwegs waren. Menschen liefen über Bürgersteige und überquerten die Fahrbahn, Menschen fuhren Fahrrad, Menschen saßen in Automobilen. Alle kamen irgendwoher, wollten irgendwohin und hatten etwas zu tun. Die Menschen hier waren beschäftigt. Das eigentlich Normale wirkte ungewohnt, denn bisher hatten sie das auf ihrer Reise kaum zu sehen bekommen.

Sie überquerten den äußeren Moskauer Autobahnring, standen an einer Fahrbahnverengung im Stau, zum ersten Mal überhaupt, umgeben von Wolgas, Zils, Moskwitschs und Ladas, und plötzlich spürte man die große Stadt.

Immer mehr verdichtete sich die Zivilisation, aber es dauerte fast noch eine Stunde, ehe sie den zweiten Autobahnring passierten und wirklich in der Stadt waren, in Moskau, der größten und unbekanntesten europäischen Metropole im Jahre 1990.

Auf dem Kutuzovskiy-Prospekt überquerten sie die Moskwa, und zum ersten Mal sahen sie ein Stadtviertel, das entfernt an andere europäische Städte erinnerte. Geschäfte, Restaurants, Reklamen, Auslagen – nicht zu erkennen, was angeboten wurde –, städtisches Leben. Sie verließen den Neuen Arbat und bogen ins Straßengewirr um den Alten Arbat ein, passierten eine der Sieben Schwestern, das sowjetische Innenministerium, ein gigantisches Hochhaus, groß und spitz und neogotisch-stalinistisch schön, und parkten in einer engen Seitenstraße.

Spax wurde nicht müde, auf das Fehlen der Scheibenwischer bei fast jedem Moskauer Auto hinzuweisen. Siegestrunken betrat er ein Geschäft und kaufte eine Flasche Wodka und Wasser, das nach Schwefel schmeckte. Reihum tranken sie direkt aus den Flaschen. Glücklich, wieder festen Boden unter den Füßen zu haben, glücklich, an einem geheimnisumwitterten Ort angekommen zu sein, der keineswegs so fremd schien, wie man immer gedacht hatte. So fühlten sich Spax und auch Tom ein bisschen wie Christoph Kolumbus.

Anka stand in einer Zelle und telefonierte. Sie sprach aufgeregt und wurde mehrmals laut. Spax hatte nur Augen für sie, und als Tina sich von ihm verabschieden wollte, bedachte er sie nur mit einem flüchtigen Lächeln, als sie ihm die Hand gab.

»Danke fürs Mitnehmen.«

»Du musst los? Ja, ... klar, keine Ursache.«

»Ciao dann.«

»Tschüss.«

Tom kam gerade von der Reihe der Schaufenster wieder. Tatsächlich waren sie in einem Touristenviertel gelandet. Überall gab es Wimpel und Flaggen zu kaufen, Karten der Sowjetunion und vor allem die Matrjoschkas in allen Größen und Farben.

»Nichts zu essen, sonst hätte ich uns was gekauft.«

»Da kann man nichts machen. Ciao, Tom. Mach's gut!«

»Tschüss, Tina, und viel Glück! Ich hoffe, du findest diesen Arsch.«

Sie nickte. Tom holte aus dem Kofferraum ein Bündel Wischerblätter.

»Hier, vielleicht nützen die dir was.«

»Danke, und danke noch mal fürs Mitnehmen.«

Eine Geste des Trostes, der Bestärkung und der Zuneigung hätte die Episode abgeschlossen und die Bekanntschaft beendet. Sich jetzt zu umarmen oder zu küssen hätte allerdings nicht gepasst zu den beiden und ihrem Argwohn, also hob sie noch mal die Hand zum

Gruß und spazierte davon, und es sah wieder einmal nur so aus, als wüsste sie, wohin.

Tom blickte in die Gasse, in der sie verschwunden war. Die Menschen und ihre lächerlichen Bemühungen, dachte er traurig, und er spürte wieder die Leere der vergangenen Jahre hochkriechen. Ganz egal, wie naiv und durchgeknallt Tina wirklich war, bei ihr ging es um Liebe, um Zusammenleben, um Hoffnung, um Zukunft, um Vertrauen, um etwas Echtes. Und er, was hatte er? Eine Ladung Scheibenwischerblätter im Kofferraum an einem Ort, an dem er nichts zu suchen hatte. Das ergab doch alles keinen Sinn. Er bekam es nicht mehr in Deckung, das, was Spaß machte, mit dem, was zählte. Am liebsten wäre er Tina hinterhergelaufen.

»Anka hat gemeint, wir sollen zu ihr mitkommen. Zu ihrer Mutter, sie macht Tee und Kuchen und wir können da pennen und außerdem ...«

»Du bist total irre, oder? Ich fahr doch nicht dreitausend Kilometer in den Osten, um mich dann bei Mama auf die Couch zu setzen und die russische Version der Häkeldecken zu begaffen. Das hat mich in Osnabrück schon angekotzt und das kotzt mich in Moskau noch mehr an.«

Tom war in Fahrt und so vehement und aggressiv, dass Spax abwehrend die Hände hob.

»Seitdem du mit Anka in der Kiste warst, geht das hier den Bach runter. Die ganze Scheibenwischer-Scheiße war wenigstens witzig, und ich Idiot hab gedacht, ich bin mit meinem Kumpel unterwegs, und jetzt bin ich plötzlich der Trottel, der hinten sitzt und auch mitfahren darf, wenn es zur Familienzusammenführung kommt, oder was?«

»Du hast recht, pass auf, wir fahren jetzt zu Anka ...«

»Wir fahren gar nicht zu Anka. Ich jedenfalls fahre nicht zu Anka. Wenn du zu Anka willst, bitte, ich bring den Datsun jetzt schön zum Intourist-Hotel, melde mich an und trinke den Wodka aus. Dann bekomme ich ein famoses Schweinesteak ›Jägerart‹, schwefliges Wasser und noch mehr Wodka.«

»Wir können ein Taxi nehmen, kein Problem«, ergänzte Anka.

Spax nickte.

»Okay, wir nehmen ein Taxi. Mach alles klar, ich komm dann später ins Hotel.«

»Mach alles klar. Du spinnst doch!«

»He Alter, bist du eifersüchtig?«

»Ach, leck mich!«

Tom setzte sich in den Datsun und ließ den Motor an.

»Warte, Tom!«

Spax griff sich die Jeansjacke aus dem Auto und nahm vorsichtig die beiden gelben Schaumstoffwürfel, die vom Rückspiegel baumelten.

»Die brauch ich noch. Bis später, Tom.«

»Ja. Bis später.«

TOM

Er kurvte ein bisschen durch das Viertel, fuhr am Ufer der Moskwa entlang in der vagen Hoffnung, Tina irgendwo zu sehen. Tatsächlich hatte er einfach noch keine Lust, ins Hotel zu fahren.

An einem Grünstreifen am Wasser hielt er schließlich an. In der Ferne hinter zwei Brücken konnte er das weiße Haus erkennen, und das alte Glas- und Stahlgebäude vor ihm am anderen Ufer der Moskwa schien ein Bahnhof zu sein. Er drehte alle Fensterscheiben runter, nahm einen Schluck aus der Wodkaflasche und zündete sich eine Zigarette an. Er schob ein Tape ins Kassettendeck und kurbelte den Sitz nach hinten, bis er fast lag. Es war später Nachmittag, und die Sonne verschwand langsam hinter einem grauen, dunklen Wolkenband, das von Westen heranzog. Er dachte an Tina und hoffte, dass sie vor dem Regen irgendwo ankommen würde. Er dachte darüber nach, warum er sich vorhin so aufgeregt hatte, und abgesehen davon, dass er völlig recht gehabt hatte, war es vor allem so, dass es an ihm lag, an seiner Unentschlossenheit und an seiner Unverbindlichkeit, die ihm dieses Gefühl gab, sein Leben wäre nicht echt und auch nicht richtig ernst zu nehmen. Bei seiner Tirade vorhin war ihm Ankas Schmunzeln nicht entgangen, und wenn sich etwas ändern sollte, jetzt und überhaupt, dann musste er was tun. Tonassistent, Beifahrer, Zuschauer, das war alles ohne Perspektive und ohne echten Wert.

Aus den Boxen war Led Zeppelin zu hören, und bald war er eingeschlafen.

There's a feeling I get when I look to the west/And my spirit is crying for leaving/In my thoughts I have seen rings of smoke through the trees/And the voices of those who stand looking/Ooh, it makes me wonder/Ooh, it really makes me wonder ...[7]

Als er aufwachte, klatschten die ersten Tropfen fett auf Autodach und Windschutzscheibe. Der Himmel über ihm und Moskau war schwarz, fast apokalyptisch glänzten für einen kurzen Moment ein paar Wellen auf der Moskwa in einem letzten Lichtfleck.

»*Do you have a cigarette?*«

Auf der Betonbrüstung zum Fluss saß, die Beine angewinkelt, ein blonder junger Bursche in Toms Alter. Er trug eine zerrissene Lederjacke, Jeans und uralte Cowboystiefel.

»*Sure.*«

Tom kletterte aus dem Wagen und reichte ihm seine Packung. Für einen Moment rauchten sie schweigend.

»*What are you doing?*«

»*I'm gonna fetch something.*«

»Ah.«

»*I listened to your music. I like it, Led Zeppelin.*«

»*Yeah. Thanks.*«

»*Led Zeppelin. Very good. My name is Juri.*«

»*I'm Tom. Oh, shit*«, schrie Tom und spurtete zum Auto zurück. Juri rannte ihm hinterher und schaffte es gerade noch auf den Beifahrersitz, ehe das Gewitter endgültig losbrach.

Mit einem Schlag verwandelte sich die spätnachmittägliche dunkelgraue Ruhe in eine infernalische Sintflut. Wasser kam vom Himmel, so schlagartig und massiv, dass es wie ein Angriff wirkte. Auf einmal war nichts mehr da draußen zu sehen, und die prasselnden Wassermassen erstickten jedes andere Geräusch. Isoliert und eingeschlossen in ein bisschen Blech, eine Blase Luft. Die habitable Zone war denkbar klein und schicksalhaft. Die Naturgewalten um sie herum erinnerten ihn daran, dass er im Grunde bisher nur Glück gehabt hatte.

»*We will anchor at the Ararat*«, sagte Juri, und Tom musste lachen. Er sah sich eher in einem U-Boot als in der Arche Noah. Er schaltete den Scheibenwischer ein, eine reflexartige Reaktion, aber nichts regte sich.

»*Stolen*«, sagte Juri, »*that's usual here in Moscow.*«

Die Wischerblätter waren im Kofferraum und nicht da, wo man sie brauchte. Sie warteten, rauchten noch eine Zigarette und tranken den letzten Rest des Wodkas. Nach wenigen Minuten wurde der Regen schwächer, sodass man wenigstens wieder etwas erkennen konnte. In der Parkbucht stand fast kniehoch das Wasser. Ein zweiter Fluss, der vorher nicht da gewesen war, schob sich braun den Berg hinunter, über die Brüstung direkt in die Moskwa.

»*Do you have an ID or a passport?*«, wollte Juri wissen.

»*Why?*«, fragte Tom.

»*I could really need it.*«

TINA

Sie hatte immer wieder Passanten angesprochen. Wenn einmal jemand stehen blieb und sich die Mühe machte, die Postkarte anzugucken, die ihm Tina entgegenhielt, dann zuckte er nur mit den Schultern und ging bedauernd weiter. Die meisten Moskowiter aber hatten sie schlichtweg ignoriert, hatten durch sie hindurchgesehen und waren an ihr vorbeigelaufen. Jetzt war wohl endgültig Schluss, dachte sie und setzte sich auf eine Parkbank. Sie zog die Schuhe aus und massierte ihre Fersen. An beiden Füßen hatte sie Blasen, eine war aufgeplatzt, und die eingerollte Haut war bis ins gesunde Fleisch eingerissen. Wundwasser rann ihr über den Finger, das rosa Fleisch brannte höllisch.

Von ihrem spitzen Schrei erschrocken, war ein Mann am Ende der Bankreihe zusammengezuckt. Ein Stadtstreicher saß da mit seinen Habseligkeiten, Stofffetzen, Lumpen, Kartons und Papier und einer Bierflasche, aus der er einen schnellen Schluck nahm.

Tina spürte jetzt auch einen höllischen Durst, seit Tagen hatte sie nichts als Wodka und Schwefelwasser getrunken. Ein Bier wäre die erste angenehme Überraschung heute. Der Mann erschrak erneut, als er von der hübschen Ausländerin angesprochen wurde, und drehte verschämt den Kopf zur Seite. Natürlich verstand er kein Wort von dem, was sie sagte, aber er konnte ihr immerhin zeigen, aus welcher Richtung er mit dem Bier gekommen war. Tina dankte dem Mann mit einem Lächeln, packte ihre Schuhe und ging barfuß in die angegebene Richtung.

Nach ein paar Minuten traf sie wieder einen der alten, bärtigen Stadtstreicher, und wieder hielt der ein Bier in der Hand. Mit ihrem gesunden Instinkt fürs Durchkommen entschied sie sich an Kreuzungen und Abzweigungen immer richtig, wie es schien, denn immer zahlreicher tauchten im Stadtbild von Moskau die biertrinkenden Männer auf. So kam sie an einen imposanten weißen Prachtbau, und die Männer dort deuteten mit ihren Flaschen in der Hand daran vorbei. Durch ein Stahltor betrat sie den Hinterhof des großen Gebäudes, das sie wegen der herumstehenden Kulissenwände für ein Theater oder eine Oper hielt, und erreichte über einen weiteren Hof einen kleinen Holzverschlag, einen schwarzbraun verrußten Annex, der direkt an der Brandwand klebte. Davor saßen und standen weitere Gestalten, und es roch süßlich nach Hopfen und Malz und Maische, wie sie es nur aus ihrer Kindheit von der Hackerbrücke in München kannte, wo sie einmal im Jahr im September an der Hand der Eltern die großen Brauereien passiert hatte, auf dem Weg zum Familientag auf dem Oktoberfest.

Sie öffnete die Tür und wich sofort einen Schritt zurück. Drinnen war es stockfinster, und selbst als ihre Augen sich langsam an die Dunkelheit gewöhnt hatten, konnte sie kaum etwas erkennen. Der Geruch, der ihr entgegenschlug, war infernalisch. Schweiß, Alkohol, Fleisch und Faulgase, plastisch wie eine Wand. Zerlumpte Gestalten standen eng gedrängt um einen primitiven Holztresen. Ein jeder mit einer braunen Flasche in der Hand. Sie starrten Tina an, geblendet vom Licht und nicht sicher, was sie von der Frauensilhouette im Türrahmen halten sollten. Tapfer blieb sie stehen. »Kann ich auch ein Bier haben?«

SPAX

Er saß mit Anka im Fond eines Moskauer Taxis. Sie hatten das Zentrum gekreuzt, der Fernsehturm war eine Zeit lang zu sehen gewesen, dann hatten sie die Moskwa überquert, und kurz tauchten ein paar goldene Zwiebelkirchturmspitzen auf, die Spax von den Bildern vom roten Platz wiederzuerkennen glaubte. Aber jetzt fuhren sie eindeutig wieder raus aus der Stadt. Die Straßen wurden breiter, die Architektur sozialistischer und eintöniger, der Fahrbahnbelag immer schlechter. Schon seit ein paar Minuten führte ihre sechsspurige Straße vorbei an Plattenbauwohnblocks, wie er sie von seinen neuen Bekannten aus Hellersdorf und Marzahn kannte.

Seine Hand lag auf ihrem nackten Oberschenkel, die Finger ein paar Zentimeter unter ihrem Rocksaum. Die glatte Haut, das Vibrieren der Betonplatten, ihr Lächeln und dass sie das geschehen ließ, erregten ihn ziemlich. Er fand sie bezaubernd, und die Zahnlücke störte ihn keineswegs. Ganz im Gegenteil, er hatte eine Schwäche für die kleinen Störungen der Oberfläche.

Anders als Tom vermutete, hatte Spax mit Anka gar nichts gehabt im Hotel in Minsk. Sie hatten sich nur lang und lauthals lachend unterhalten in der Bar. Ankas klare, offene Art, ihr Humor – er fand sie sympathisch und direkt, und immer, wenn ihr etwas besonders gut gefiel, fasste sie ihn kurz an die Schulter oder an den Arm. Sie hatte sich aber nicht an ihn herangemacht, für diesen Abend hatte es ihrerseits anscheinend kein professionelles Interesse gegeben. Dass sie offensichtlich als Prostituierte arbeitete, war ihm völlig egal. Später waren auch noch ihre Kolleginnen dazugestoßen und hatten mit frischen Dollars ein paar Runden geschmissen. Lange war er mit den drei Mädchen allein an der Bar gewesen, und als die Dunkelhaarige im Minikleid auf einen Tisch sprang und zu tanzen begann, erinnerte ihn das Ganze an ein paar der wirklich großen Schöneberger Abende Mitte der Achtzigerjahre. Irgendwann hatten sie sich zum Abschied alle geküsst, heiß, verschwitzt und betäubt, und er war stockbesoffen, aber zufrieden auf sein Zimmer gegangen.

Jetzt wollte er gern mit Anka schlafen, und er versuchte, diesen Wunsch mit der bevorstehenden Realität der Mutter und der Tochter in Deckung zu bringen. Das Taxi hielt, Anka zahlte, nahm ihn bei der Hand und stieg aus. Das Hochhaus hatte keinen Aufzug, und sie stiegen bis zur 7. Etage durch ein spärlich beleuchtetes Treppenhaus. Er musste sich anstrengen, um mit Anka Schritt zu halten. Das Gebäude war in einem jämmerlichen Zustand, überall blätterte Farbe, die Ecken waren schwarz vor Schimmel und der Beton gerissen und abgeplatzt. Im dritten Stock fehlte ein Fenster, ein verblichenes Stück Stoff, notdürftig in die Öffnung genagelt, flatterte zerrissen im Wind. In den Fluren wellte sich billiger Kunststoffboden, und es roch säuerlich und einsam.

Anka klingelte an einer der Türen, nirgends ein Name, weder hier noch unten an den Briefkästen, und ein kleines blondes Mädchen stürmte heraus und wurde von ihrer glücklich strahlenden Mama in die Arme genommen und herumgewirbelt.

Später saß Spax tatsächlich auf einer gehäkelten Decke auf der Couch im Wohnzimmer von Ankas Mutter. Anka hatte Tee gekocht und vor ihm das niedrige Tischchen gedeckt.

Die Wohnung war sehr klein, neben dem Wohnraum,

der wohl auch als Schlafzimmer fungierte, gab es ein winziges Zimmer, in dem Ankas Tochter Mascha schlief, und eine Kochnische. Alles war aufgeräumt und von akkurater Sauberkeit, erst auf den zweiten Blick bemerkte man, wie ärmlich die Leute lebten. In der Vitrine hinter dem Glas waren leere ausländische Zigarettenpackungen ausgestellt, wie Trophäen errungener Siege oder Pokale von Sportwettkämpfen. Sie stellten die Dekoration dieses Zuhauses dar. Im Kinderzimmer war das einzig Bunte ein aus leeren West-Chipstüten ausgeschnittenes Tierfigurenmobile. Kleine glänzende Formen mit Sehnsüchten und Wünschen besetzt, die dort, wo sie herkamen, Abfall waren. Die Fensterscheiben waren größtenteils mit Zeitungspapier beklebt, etwas, das Spax seit seiner Kindheit in der Wohnung seiner Urgroßmutter nicht mehr gesehen hatte. Er konnte sich vorstellen, wie kalt es hier im Winter wurde.

Mascha hatte sich sehr über die gelben Schaumstoffwürfel gefreut und tobte damit durchs Zimmer. Die Großmutter war nicht da, einkaufen, wie Mascha meinte, und das konnte dauern, nach allem, was Spax bisher von der Versorgungslage in der Sowjetunion mitbekommen hatte. Auf der Anrichte stand ein Foto von ihr, groß und blond mit feinen Zügen, wohl schon vor ein paar Jahren aufgenommen, eine schöne Frau. An ihrer Hand Anka, als Schulabgängerin. Die Haare länger, streng nach hinten gekämmt, in einer Uniform, stolz, froh. Und daneben das Schwarz-Weiß-Porträt eines sehr hübschen Mannes, klar und direkt. Ein Offizier, vermutete Spax.

»Ist das dein Vater?«

»Nein, mein Mann«, sagte Anka, während sie den Fernseher anmachte. Eine alte Röhre, die langsam hochbrannte und dann ein Streichorchester zeigte. Sie drehte das Bild ab, nur noch die Musik war zu hören, Tschaikowsky. Spax war wieder leicht aus der Balance gebracht.

»Dein Mann. Lebt der auch hier?«

»Nein, er ist in Murmansk.«

»Murmansk?«

»Ja.«

Anka kam mit einer Pralinenschachtel, die ungefähr einen Viertel Quadratmeter maß. Hochherrschaftlich, Goldrand, geprägte Beschriftung, Konfekt vom Feinsten.

»Nein, danke, ich ...«, wollte Spax abwehren, aber sie hatte die Zellophanverpackung schon aufgerissen und hielt ihm die Auswahl vor die Nase. Er wollte ihre Gastfreundschaft nicht verletzen und griff zu. Die Praline, die er nahm, sah aus, als wäre sie zwanzig Jahre alt. Die Schokolade war grau, und was auch immer man da als Füllung gedacht hatte, war zu einem beigefarben-spröden Klumpen vertrocknet. Mit der Pflicht des guten Gastes kaute er das Konfekt und schluckte es schnell hinunter. Anka forderte ihn auf, noch eins zu nehmen, und er sah, wie froh sie war, ihm etwas Besonderes anbieten zu können. Er nahm noch eine.

Murmansk, das wusste er, war eine geschlossene Stadt und der eisfreie Hafen, in dem die Sowjetarmee ihre Atom-U-Boote stationiert hatte.

»Seid ihr geschieden?«

»Nein«, sagte sie. Ihrem Ton war zu entnehmen, wie albern sie die Frage fand.

»Ich wohne da. Nächste Woche fahre ich wieder hin.«

»Du wohnst da?«

»Klar. Da ist mein Mann, da ist meine Arbeit.«

»Und euer Kind?«

»Murmansk ist keine Stadt für Kinder.«

Sie lehnte sich zurück, streifte sich die Schuhe von den Füßen und legte die Füße auf den Couchtisch. Sie schloss die Augen, verschränkte die Arme hinter ihrem Kopf, hörte Tschaikowsky und wartete. Mascha spielte mit den gelben Schaumstoffwürfeln vor ihnen am Boden auf dem zerschlissenen Teppich. Die rührende Pralinenschachtel, das Allerbeste im Haus, für die Ehrengäste aufgespart. Die Armseligkeit und Anmut der ausgestellten Zigarettenschachteln, die verklebten Fenster, die Gastfreundschaft, die Natürlichkeit und Freundlichkeit, die Atom-U-Boote, das Militär, der eisfreie Hafen und die Nordmeerflotte, das spielende Kind, der Mann.

Durch den Ausschnitt ihres Ärmels konnte er ihre Brust sehen und eine kleine rosa Brustwarze, aber seine Lust war verflogen. Anka öffnete langsam die Augen und sah ihn an. Sie lächelte, und Spax hatte den Eindruck, dass sie wusste, was ihm durch den Kopf ging. Irgendetwas wusste sie. Irgendetwas wusste sie die ganze Zeit.

»Willst du ein Bier?«, fragte sie.

»Ein Bier? Hast du Bier?«

»Ja klar. Aus Murmansk. Da gibt es alles.«

Sie sprang auf und holte zwei braune Flaschen ohne Etikett vom Balkon, öffnete sie fachmännisch am Fensterbrett und hielt ihm eine hin:

»*Nastrovje!*«

Die alte Angst. Hier saß er mit einem der gefürchteten Iwans, eingesperrt vom berüchtigten russischen Wetter, das schon mit Napoleon und Hitler und allen anderen fertiggeworden war, allein in seinem West-Auto. In diesem riesigen, fremden Land. Und natürlich dachte er, nun ginge es ihm an den Kragen, und ärgerte sich über seine unglaubliche Naivität. Er selbst hatte den Russen in seinen Wagen gelassen und ihm vertraut. Juri klopfte ihm auf die Schulter und fragte weiter hartnäckig nach seinem Pass. Sein Englisch kippte immer wieder ins Russische ab, und Tom verstand nur Bruchstücke: Bahnhof, Tasche, Problem, Ausländer und dass er den Ausweis natürlich zurückbekäme. Das Schicksal machte sich also anscheinend wieder bemerkbar und er dachte plötzlich: Scheiß drauf, gib ihm den Pass, und zusammen gingen sie dann durch den nachlassenden Regen über die Krasnoluzhsky-Brücke und die sechsspurige Berezhkovskaya in den Kiewer Bahnhof. In den Rinnsteinen stand das Wasser noch knöcheltief, und mehrmals mussten sie mit viel Anlauf über die abfließenden Pfützen springen. Juri wurde immer schneller, je näher sie dem dreckig-weißen, säulenumstandenen Prachtbau kamen, der mit seinem Turm große Ähnlichkeit mit einer Kirche hatte. Und vielleicht hatte man in diesem Palast 1914 der Mobilität der Moderne gehuldigt und in der hohen, genieteten Stahlkonstruktion einmal die Geschwindigkeit angebetet. Davon war heute jedoch kaum mehr was zu erkennen. Fünfundsiebzig Jahre Staub, Ruß und Vogelscheiße dämpften das

Licht, das durch das Glasdach in die Halle fiel, in mattes Grün und Braun. Punktuell wurden die Bahnsteige von schwachen Gasentladungslampen erhellt, aber insgesamt war es doch so dunkel wie am Ende eines Winternachmittags, Details waren nur schwer auszumachen.

Es war sehr still, die üblichen Geräusche fehlten, Durchsagen, das Quietschen von Zugbremsen und das Brandungsgeräusch, das die Summe vieler Menschenstimmen in sehr großen Räumen erzeugte. Juri war mittlerweile in ein sportliches Joggingtempo gefallen, er hatte es eilig. Tom versuchte dranzubleiben, immer noch bestand die Möglichkeit, dass der Bursche mit seinem Dokument einfach verschwand. Hier gab es genug, die dafür Verwendung hatten. Sie passierten die schweigenden Menschenschlangen an den Fahrkartenschaltern und das Bahnhofscafé, eine trostlose Ansammlung leerer Tische, an denen ein paar Gestalten saßen und rauchten.

Von einem Bahnsteig schob sich ihnen aus dem gerade angekommenen Zug eine Menge grauer Leiber entgegen. Soldaten in Uniform, alle jünger als Tom, mit roten Wangen und glatten, weichen Gesichtern: die gefürchtete Rote Armee. Und da verlor er Juri aus den Augen.

TINA

Sie stand am Tresen und war wütend. Sie hatte das stinkende Loch betreten, war durch den dunklen Wald aus Leibern geschritten, der sich vor ihr öffnete und hinter ihr sofort wieder schloss, hatte tatsächlich ein Bier bestellt und zwölf Kopeken dafür bezahlt, aber nach einigem Hin und Her auch verstanden, dass sie hier ohne Flasche kein Bier bekommen würde.

»Ich brauche eine eigene Flasche, damit ich Bier kriege?«, schrie sie fast.

Der Mann hinter dem Tresen, Schankwirt, Braumeister oder was auch immer er war, denn das Bier wurde tatsächlich hier im Raum gebraut, verneinte bedauernd, aber resolut.

»Ich bin durch halb Europa gefahren und durch halb Moskau gelaufen und möchte jetzt BITTE EIN BIER! ICH BEZAHLE!«

Sie knallte ein paar Wischerblätter auf den Tresen. Die Männer, die bisher stumm und staunend in einigem Abstand gewartet hatten, kamen langsam näher. Ein Erster nahm eins der Wischerblätter in die Hand und betrachtete es mit einem nickenden Kennerblick. Ein anderer sprach Tina direkt an.

»Guten Tag, verehrte Dame. Wenn Sie erlauben, würde ich Ihnen gerne meine Flasche zur Verfügung stellen.«

Sie starrte den Kerl an. Ein freundliches, fast zahnloses Lächeln in einem schwarzen, zotteligen Bart. Er reichte ihr die Flasche.

»Keine Sorge, der Wirt macht die sauber, wenn Sie es wünschen. Ja?«

Und sie sagte: »Ja bitte, gerne.«

Er sprach ein paar leise Worte mit dem Mann hinter dem Tresen, dann hielt Tina tatsächlich ein Bier in der Hand. Vielleicht nicht ganz das, was man als Bier erwartete, aber köstlich und nicht nur im Zusammenhang mit der Location eine Sensation. Sie trank mit Genuss und wischte sich den Schaum vom Mund. Der Mann, der ihr seine Flasche gegeben hatte, sah zufrieden dabei zu. Tina trank sie leer und grinste, und der Mann lächelte zahnlos und starrte sie geradeheraus an.

TOM

Die Sektion der Roten Armee war vorübergezogen, Tom stand in der wieder leeren Halle. Er blickte sich um. Dann, fast fünfzig Meter vor ihm, sah er Juri aus einer noch dunkleren Abzweigung kommen und ihm ungeduldig winken. Er rannte los. Aus den Toiletten im Seitentrakt schlug ihm ein bekannter beißender Geruch nach Desinfektionsmittel entgegen, und auf der Bank davor saßen die Männer einer Blaskapelle, die sich alle wohl gerade gewaschen hatten, die Hände abtrockneten, Kämme durch feuchte Haare zogen und Hemden in Hosen steckten. Tuba, Hörner, Posaunen, das Messing glänzte in der grauen Dunkelheit wie Heiligenscheine russischer Ikonen, und Wassertropfen spritzten im Restlicht glitzernd auf den Boden.

Mit kurzem Atem traf er Juri wieder, der vor einem Metallkäfig stand, dem Büro der Gepäckaufbewahrungsaufsicht, wie er jetzt sah. Juri redete wild auf den Beamten ein und wedelte mit Toms Pass herum. Als Tom hinzutrat, bezog er ihn ansatzlos mit ein, deutete mehrmals auf ihn und klopfte ihm wieder und wieder auf die Schulter. Der Beamte blickte skeptisch, aber die Übereinstimmung von Toms Passfoto mit dem Gesicht vor ihm war doch nicht zu leugnen, und obwohl man sah, wie wenig er dem jungen Mann in Jeans und Lederjacke glaubte, forderte er die beiden auf, mit ihm zu kommen. Nach ein paar Schritten standen sie in der Halle der Schließfächer, und der Beamte öffnete mit seinem Generalschlüssel ein bestimmtes Fach, auf das Juri gedeutet hatte. Begleitet von seinem Kopfnicken zog er eine weiße Plastiktüte heraus, in der Flaschen klimperten. Er übergab sie Tom und den Pass dazu.

»*Spasibo, spasibo*«, sagte Juri mehrmals, nahm die Tüte an sich und zog Tom davon. Sobald sie außer Sichtweite des Mannes waren, begann er triumphierend loszulachen.

Außerhalb des Bahnhofes auf dem leeren Platz blieben sie stehen.

»*What is that?*«

»*Clothes and beer.*«

»*Beer? Wow.*«

»*Yeah.*«

Juri öffnete eine Flasche und hielt sie Tom hin, öffnete für sich eine zweite, sie stießen an, und so kam Tom zu seinem ersten Schluck russischen Biers. Eine Überraschung, ein Vergnügen, das er nicht für möglich gehalten hätte. Er musste plötzlich loslachen und verschluckte sich fast dabei. Kopfschüttelnd dachte er an die Absurdität der letzten Minuten, da reichte ihm Juri schon die nächste Flasche, und wie sie so dastanden, angelehnt an den filigran gearbeiteten schmiedeeisernen Jugendstileingang der Metrostation Kievskaja, und die Biere austranken, eins nach dem anderen, ergab das ein Bild, das aus Paris hätte stammen können, aus Moskau aber war.

MOSKAU, ALLEE DER VÖLKERVERSTÄNDIGUNG

TINA

Ihre Augen hatten sich an die Dunkelheit gewöhnt, die Veranstaltung wirkte nicht mehr ganz so gespenstisch. Sie war tatsächlich die einzige Frau im Raum, aber alle hatten großen Respekt vor ihr. Und alle, einschließlich ihr selbst, hatten schon gut was getrunken. Tinas neuer Freund erhob die Hand und sprach mit lauter Stimme auf Russisch zuerst und dann auf Deutsch: »Auf Goethe, Schiller, Tolstoi und Tschechow. Auf Dostojewski und Rilke, die Größten. Auf die Dichter unserer Völker. *Nastrovje!*«

Zustimmendes Gemurmel aus der Dunkelheit. Tina ergänzte: »Auf Beethoven und auf Schostakowitsch. Auf Klee und Kandinsky. Auf Tarkowski und Eisenstein und Michalkow. Auf Hanna Schygulla, Barbara Sukowa, Olga Tschechowa und ... auf Romy Schneider.«

»Mein Name ist Mihail Tretjak. Tretjak, wie der Eishockeyspieler. Alle nennen mich Mischa.«

»Ich bin Tina.«

»Woher kommen Sie, Tina?

»Aus Berlin.«

»Ost oder West?«

»West.«

»Ah. Ich habe zwanzig Jahre ganz in der Nähe von Berlin gearbeitet. Aber leider bin ich nie in der Stadt gewesen.«

»Was haben Sie denn da gemacht?«

»Ich war Mechaniker für Tanks.«

»Öltanks?«

»Tanks, Panzer, für den T55, T64 und T72.«

»Panzer!«

»Tolle Maschinen. Besonders der T72, 12-Zylinder Diesel-V-Motor mit 840 PS.«

Tina nickte anerkennend, auch wenn sie sich mit Panzern nicht besonders auskannte. Etwas in ihrem Blick schien Mischa bemerkt zu haben. Erklärend hob er die Hände.

»Ich habe Literatur studiert. Europäische Literatur, ehe ich zum Militär musste. Aber das ist lange her. Was machen Sie in Moskau?«

»Ich suche jemand, Leonid ... Er wohnt hier irgendwo.«

Wieder einmal holte sie die Postkarte hervor.

»Mischa, wissen Sie vielleicht, wo das sein könnte?«

Er zog eine Lesebrille aus seiner Jacke und trat mit der Karte vor die Tür. Sie folgte ihm, die frische Luft und das grelle Tageslicht warfen sie fast um. Sie musste sich an der Außenwand der Baracke abstützen und tief durchatmen. Gegessen hatte sie seit Stunden nichts, nur getrunken.

»Wissen Sie, Tina, die Häuser hier sehen ja alle gleich aus«, sagte Mischa, der konzentriert die Postkarte studierte und von ihrem Schwächeanfall nichts bemerkt hatte, »aber das da hinten, die kleine gelbe Spitze da, das könnte Kuskowo sein und das der Bahnhof. Vielleicht ist es in Weschnjaki aufgenommen worden.«

SPAX

Sie hatten Bier getrunken, und Anka hatte ihn geküsst, und dann hatten sie doch begonnen, auf der Couch herumzuknutschen. Er hatte ihre Bluse geöffnet und Ankas Brust gestreichelt, aber nach der dritten Flasche war sie einfach neben ihm auf der Couch eingenickt. Von einem Moment auf den anderen schlief sie tief und fest und schnarchte dabei. Ein helles, gurgelndes, schnarrendes Geräusch war das. Spax knöpfte ihre Bluse wieder zu, legte ihre Beine hoch und deckte sie mit einer der warmen Wolldecken zu, die überall in der Wohnung herumlagen. Die kleine Mascha kletterte zu ihrer Mutter, die gelben Würfel, die Spax ihr geschenkt hatte, unter dem Arm und legte sich zu ihr. Er setzte sich in den Sessel gegenüber und war ratlos. Eine Weile betrachtete er Mutter und Kind, schlafend in der Neubauwohnung in Moskau, und versuchte, seine Rolle in diesem Stück noch einmal zu überdenken. Worum es ging, hatte er aus den Augen verloren, was er wollte, ebenfalls. Das erschien ihm symptomatisch für sein Leben. Klar war nur, dass er zwar zweitausend Kilometer gefahren, aber kein Stück weitergekommen war. Die Idee, der Wagemut, der Antrieb und die Entschlossenheit, das waren seine Stärken, eigentlich ganz gute Voraussetzungen für eine Hauptrolle. Die Wischerblätter waren der Aufhänger gewesen, nur der Plot, der fehlte noch immer.

Es dämmerte. Der Rest des Tages zog sich durch vergilbtes Zeitungspapier gefiltert zurück. Spax trank noch ein Bier, immer müder wurden seine Augen im blaugrauen sowjetischen Zwielicht, und dann schlief auch er ein.

TOM

Sie hatten die Biere ausgetrunken, sich im Auto durch ein paar der Tapes gehört und waren dann losgefahren zu Juris Wohnung. Außer den Flaschen waren in der Tüte noch ein paar Kleidungsstücke gewesen, die wollte Juri einem Freund bringen, der bei ihm wohnte. Tom bot ihm an, ihn hinzubringen, er fand den jungen Russen mittlerweile richtig sympathisch. Ins Hotel konnte er später immer noch.

Nicht weit vom Kiewer Bahnhof im Arbatviertel in einer winzigen, engen Straße, die als Kulisse für ein Weltkriegsdrama getaugt hätte, hielten sie an. Der Name der Straße, in kyrillischen Lettern, war durchgestrichen worden, und jemand hatte mit Kreide *Dieter-Bohlen-Street* drübergeschrieben.

Der Welt ist nicht zu helfen, dachte Tom. Tatsächlich war es überall dasselbe.

Die untere Tür des Mietshauses war unverschlossen, Namensschilder, Klingeln oder Briefkästen fehlten. Juri stieg zwei Treppen nach oben, Tom folgte ihm. Juri klopfte an eine der Türen, und ein sehr kleiner Mann, der Tom nur bis zur Brust reichte, öffnete. Er hatte eine große, schiefe Nase, unübersehbar mehrfach gebrochen, und umarmte erst Juri und, als er vorgestellt war, mit demselben freudigen Lächeln auch Tom. Der Bursche, Wladimir, ein Mitbewohner Juris, trug Jogginghosen und ein Unterhemd und war extrem muskulös.

»Wlad, this is Tom, my friend from Berlin. Tom, this is Wladimir. Small but very strong.«

Aus einem Nebenraum kam ein kleiner Mann mit brauner Haut und dunklen, mandelförmigen Augen dazu. Er war ebenso klein wie Wladimir, aber viel schmächtiger, und trug eine viel zu weite Hose und einen Pullover, in den er zweimal gepasst hätte.

»And this is Saahan, my friend. The clothes are his. Tom helped me at the station.«

»Ah, my pants, finally, thank you.«

Saahan verschwand mit der Tüte und den Kleidungsstücken in einem der angrenzenden Zimmer. Juri hob die Platte des Wohnzimmertisches auf, die, so sah man jetzt, auf einem Bierkasten voller Wodkaflaschen gelegen hatte. Wladimir nahm zwei der Flaschen heraus, stellte sie auf den Tisch und schenkte vier kleine Gläser voll.

»Nastrovje. To the people!«

Dann holte er ein Tablett aus der Küche. Darauf lagen ein paar Gurken und ein kompletter Aal, schwarz glänzend und geräuchert. Er schnitt ihn in kleine Stücke und reichte das Tablett herum. Das weiße Fleisch des Aals war fettig, das sei aber im Zusammenhang mit dem Wodka auch notwendig, erklärte Wladimir, ebenso wie die Gurken. Auch Saahan, der sich umgezogen hatte und in seiner eigenen Kleidung nicht mehr wie die geschrumpfte Version eines anderen Menschen wirkte, setzte sich dazu, und nach einigen Gläsern und ein paar Bissen Aal berichtete er, wie er nach einer fast fünfmonatigen Odyssee durch die halbe Welt in einem Container nicht, wie bei den Schleppern gebucht, in Westeuropa, sondern in Moskau gelandet war. Er lebte hier jetzt illegal und hoffte, irgendwann und irgendwie zu seiner Familie stoßen zu können, die sich in Holland aufhielt.

Wladimir hatte tatsächlich geboxt, erzählte er, in der Jugendabteilung des ZSKA Moskau, des Militärclubs, als vielversprechender Staatsamateur. Mehrfacher Juniorenmeister war er gewesen, ein paar Pokale standen als Beleg auf einem Schreibtisch herum, begraben unter einer Unmenge von Magazinen – Musik und Mädchen: *Rolling Stone*, *NME*, *Playboy* und *Hustler*. Er war planmäßig auf die anstehenden Olympischen Spiele 1992 in Barcelona hin trainiert worden, wo er im Fliegengewicht angetreten wäre – wenn nicht der Zusammenbruch des Systems und seine notorische Disziplinlosigkeit die ganze Sache verhindert hätten, ergänzte Juri lachend.

Der dünne Saahan, der viel älter war, als er aussah, zeigte der Runde eine lange, gut verheilte Narbe, die sich über sein gesamtes Schienbein bis über das Knie hinzog. Er sei in den Siebzigern in der Jugendauswahl der singhalesischen Kricketnationalmannschaft gewesen, sagte er und meinte, dass es ja nicht viel Gutes über die Briten zu sagen gäbe, außer, dass sie sich beim Spielen gut anzögen. Und dann zeigte er den ignoranten Kontinentaleuropäern, was richtiger Sport war. Er krempelte sich die Hemdsärmel hoch und warf in der zum Kricket gehörigen seltsam runden Armbewegung einen improvisierten

Ball aus Wladimirs verknoteten Sportsocken durch den Flur und auf eine Essiggurke, die auf den Hälsen zweier eng aneinanderstehender, leerer Wodkaflaschen lag. Der Jubel seiner angetrunkenen Zuschauer wurde immer lauter, als ihm das dreimal hintereinander gelang. Tom und Wladimir versuchten ebenfalls, die Essiggurke zu treffen, aber sie warfen immer daneben, und irgendwann aß Juri sie einfach auf und das Spiel war vorbei und Saahans Status als echter Exprofi zementiert.

Tom hatte als kleiner Junge mit seinem oberbayerischen Onkel bei den Olympischen Spielen in München ein Vorrundenspiel der Hockeyteams von Malaysia und Uganda besucht. Seitdem hatte er sich auch einmal bei den Olympischen Spielen gesehen, mit all den anderen Sportlern und vor allem Sportlerinnen. Heitere Spiele, Sonnenschein, olympisches Dorf und alles, was so dazugehörte in seiner Vorstellung. Moskau 1980 hatte er sich dazu ausgesucht. Eine ungünstige politische Großwetterlage und der Boykott dieser Spiele durch den Westen hätten ihm jedoch einen Strich durch die Rechnung gemacht, behauptete er, aber in Wirklichkeit war er sportlich nie über drei oder vier halbwegs gelungene Sommer als Außenstürmer bei einem Osnabrücker Provinzverein hinausgekommen. Jetzt saß er trotzdem in Moskau, und die Stimmung entsprach durchaus dem, was er sich unter dem olympischen Geist vorstellte.

Tom fühlte sich wie bei alten Freunden, sie tranken und lachten und aßen den Kühlschrank leer, und dass er ein Fremder aus dem Westen war, aus Deutschland, aus dem Kapitalismus, woher auch immer, hatte keinerlei Bedeutung. Das Gefühl, auch etwas geben zu wollen, wurde immer stärker, also holte er seine Tapes aus dem Auto und schenkte sie Juri und Wladimir.

Sie hörten die Musik und waren bei der vierten Wodkaflasche angekommen, als Wladimir aufstand, sich eine Uniform aus dem Schrank nahm und sich hineinzwängte.

»*What are you doing?*«, fragte Tom.

»*Security. Today Dieter Bohlen plays Moskau. In the Hall of Comrady.*«

»Dieter Bohlen?«

»*Ya, we go there later*«, meinte Juri. »*As soon as Wlad works the doors. He will get us in.*«

»*But the music is like shit!*«

»*Of course it is, but the girls are great.*«

»*Which girls?*«

»*All the girls, the beautiful girls*«, sagte Juri der Moskowiter, sein neuer Freund, der ihn in seiner alten Erdmann-Lederjacke an die Zeit erinnerte, als er in Osnabrück nichts lieber gehabt hätte als eine Zündapp KS50.

TINA

Sie war betrunken. Daran hatte auch die fast einstündige Fahrt mit der U-Bahn nichts geändert. Als sie mit Mischa durch die Neubausiedlung am Stadtrand von Moskau lief, hatte sie große Schwierigkeiten, sich zu konzentrieren. Sie atmete tief ein und versuchte, Schritt zu halten mit dem alten Russen, der, die Postkarte in der Hand, vor ihr herlief und sich immer wieder umsah.

»Hier ist es«, sagte er und blieb stehen.

Der Häuserblock vor ihnen war viel heruntergekommener als auf der Postkarte, aber es war derselbe. Die Bäume waren deutlich gewachsen und trugen Blätter, anders als auf dem Bild. Ein Kinderspielplatz fehlte im Vordergrund, aber die großen Formen und Linien stimmten. Sie waren angekommen. Mischa strahlte.

»Hier ist es.«

Die Suche war zu Ende. Hierher hatte sie gewollt in ihrer hirnrissigen Sturheit. Hier war es wirklich. Sie war da. Sie hatte es tatsächlich geschafft. Ernüchtert stand sie in der einsetzenden Moskauer Dämmerung. Der Rausch war verflogen und alle Energie auch.

»Was ist?«

»Was?«

»Was ist mit dir, ist dir nicht gut, Tina?«

»Doch.«

»Na dann lass uns gehen.«

Sie stellte sich die Szene vor, wie Leonid die Tür öffnen würde, ein Klassiker. Sein Gesicht: Großaufnahme, Gegenschuss: ihr Gesicht. Er würde einen Moment nach hinten blicken, in die Wohnung, und sie in den Flur, woher sie gekommen war. Ein Detail der roten Knöchel würde zeigen, wie verkrampft er sich am Rahmen festhielt, sie würde sich eine Strähne aus dem Gesicht blasen. Weiter ging es nicht, weil ihr der Text fehlte. Sie hatten keinen Text bekommen und sie hatte keinen vorbereitet, und dass diese Szene stumm funktionieren würde, glaubte sie nicht.

Ein Regisseur fehlte auch. Einer, der sagte, was genau zu tun war. Was richtig war und was falsch. Lächeln?

Wut? Würde er heraustreten, die Tür hinter sich zuziehen? Vielleicht hatte er ja Text? Das würde man probieren und durchspielen, und was richtig war, würde sich auch richtig anfühlen.

Was blieb also? Improvisation? Wie armselig. Improvisation aus Mangel an Plan und Idee. Davon hatte sie genug, das war genau der Stil der drittklassigen alternativen Berliner Szene, in der sie sich zu lange herumgetrieben hatte.

In dem Haus gab es keinen Aufzug, aber nach ein paar Minuten waren sie im dritten Stock, und Mischa, der augenscheinlich einen guten Orientierungssinn hatte, blieb vor einer Tür in einem der Flure stehen und sagte: »Hier.«

An der Tür hing ein Zettel mit einer handgeschriebenen Nachricht. Sie erkannte Leonids Handschrift. Mischa übersetzte.

»Liebe Katinka, ich bin mit Maria in der Halle der Kameradschaft. Mach dir keine Sorgen. Wir sind erst spät zurück. L.«

Sie klingelten und klopften. Aber niemand war zu Hause. Weder Leonid noch Katinka oder Maria. Nicht, dass sie es nicht irgendwie geahnt hätte, aber jetzt war klar, dass zu Leonid auch eine Familie gehörte. Betrogen hatte sie sich schon die ganze Zeit gefühlt, nur nicht auf diese Art. Nach allem, was sie über Dramaturgie gelernt hatte, stellten solche Momente Wendepunkte dar. Sie kamen so ungefähr nach zwei Dritteln oder drei Vierteln einer Story und veränderten den Lauf einer Geschichte auf ungeahnte, überraschende Weise. Für eine bestimmte

Art von Geschichten, auch das hatte sie gelernt, waren diese Wendepunkte absolut unverzichtbar. Dies hier war offensichtlich eine dieser Geschichten. Sie war die Protagonistin und musste jetzt mit diesem letzten Schlag ins Gesicht fertigwerden. Eine letzte finale Herausforderung, eine Konfrontation, dann Vorhang, Applaus, Blitzlicht, Filmpreis.

Eine Katastrophe.

Sie schwankte, Mischa nahm sie am Arm und brachte sie ins Freie, wo sie sich auf einen Rasenstreifen legte. Sie war kreidebleich, ihr Atem ging flach, ein dünner Schweißfilm glänzte auf ihrer Stirn. Nur wenige der Wohnungen in den vor ihr aufragenden Häusern waren erleuchtet. Es war Nacht geworden und es war sehr still.

»Die Halle der Kameradschaft ist hier ganz in der Nähe«, meinte Mischa.

SPAX

Es war dunkel, als Spax in dem Sessel erwachte. Der Nacken tat ihm weh, und einen Moment dachte er, die Stimmen, die er hörte, kämen aus einem Radio, mit dem jemand über Langwelle einen slawischen Sender empfing.

Anka, Mascha und die Großmutter saßen in der Kochnische an einem Klapptisch, aßen Schmalzbrote und unterhielten sich leise miteinander. Er erhob sich, grüßte verlegen, und sie luden ihn ein, sich dazuzusetzen. Das Schmalzbrot war köstlich, außer den prähistorischen

Pralinen hatte er seit Stunden nichts gegessen. Da er kein Bier mehr mochte, Anka selbst hatte sich noch eins geöffnet, begnügte er sich mit Wasser, das wie gewohnt nach Schwefel schmeckte. Auf ihre Gastfreundschaft und diese mit einfachen Gesten gezeigte Großzügigkeit hatte er nichts zu erwidern. Er wollte nicht fordernd wirken und schämte sich ein wenig dafür, dass er noch Hunger hatte. Die Großmutter, tatsächlich eine attraktive Frau, höchstens Anfang fünfzig, fragte ihn viel über Berlin und die Menschen dort. Anka übersetzte, und er versuchte, ein möglichst wahrheitsgetreues Bild des Alltags im Westen zu schildern. Dass es immer alles zu kaufen gab, konnte die Frau kaum glauben, es erschien ihr wie die Beschreibung des Paradieses.

Sie müssten glückliche Menschen sein, meinte sie, und Spax unterließ es um der schönen, friedlichen Stimmung willen, diese Aussage im Detail zurechtzurücken. Früher oder später würden die Russen es sowieso erfahren, und das nicht zu knapp, davon war er überzeugt. Was er am und um den McDonald's in Minsk herum erlebt hatte, war nur der Vorgeschmack gewesen.

Anka kam aus dem Bad zurück in einem engen blauen Kleid und geschminkt. Sie sah umwerfend aus, und ehe Spax ganz verstand, was sie vorhatte, saß er wieder in einem Taxi.

»Wo fahren wir hin?«

»Zu einem Freund.«

»Einem Freund? Was für ein Freund?«

»Lass dich überraschen!«

Er sah Anka an und sie lächelte.

»Du bist ein guter Mann«, sagte sie und lehnte ihren Kopf an seine Schulter.

Finster war es in den Vororten Moskaus, wo man anscheinend auf Straßenbeleuchtung verzichtet hatte. Keine Menschenseele weit und breit, und ganz selten nur kam ihnen ein Fahrzeug entgegen. Eine Zeit lang sah Spax nicht einmal mehr Häuser oder Bäume, so vollkommen war die Dunkelheit. In einem Neubaugebiet hielt das Taxi an und Anka zahlte. Spax sah sich um. Betonskelette stachen in den Himmel, ein Grundwassersee lag inmitten der Baustelle, Dünen aus Baukies und Zementsäcken bildeten den Horizont. Es war sehr still. Nirgends brannte Licht.

Er fragte sich, was er hier, kurz vor dem Ural, mitten in der Nacht machte. Die Antwort war: Er hatte sich ergeben. Er hatte sich diesem Tag ergeben, dem Land, und vor allem hatte er sich Anka ergeben. Vielleicht war er nur deshalb nach Moskau gekommen, um diesen grandiosen Tag mit seinen unerwarteten Wendungen zu erleben.

Sollte sich doch herausstellen, dass sie für den KGB oder wen auch immer arbeitete, sollte er doch in einen Hinterhalt gelockt worden sein, hier in dieser Einöde, dann war es halt um ihn geschehen, dachte er. Er würde verschwinden an diesem neuen, östlichsten Ende der westlichen Welt, und so wäre es dann.

Er legte den Arm um Anka, gemeinsam liefen sie über einen sandigen Weg den kleinen Pfützen ausweichend auf eine der Stahltüren zu, die eine halbe Treppe unter Straßenniveau in die Betonfassade eingelassen waren. Noch ehe sie direkt davorstanden, öffnete sich die Tür. Warmes

Licht und gedämpfte Bässe tief aus dem Innern des Gebäudes gaben der Situation einen vertrauten Anstrich.

Anka grüßte den Türsteher, und Spax folgte seinem Moskauer Mädchen die Treppe hinab. Der Raum war fast vollständig verspiegelt. Zwei Wände, der Boden und die Decke bestanden aus geschliffenen Spiegelfliesen, die nicht nur die Bilder des Raums und der Ausstattung mehrfach wiedergaben, sondern auch an den Kanten alle Lichtstrahlen blau und violett brachen. Auf der Tanzfläche bewegte sich ein Paar eng umschlungen in Slow Motion zur Musik auf der Stelle. Genau auf Marke, dachte Spax, der als Statist auch immer auf Marke gehen oder stehen musste. Der dicke Mann im schwarzen Anzug hing an seiner Tanzpartnerin, als ob er eingeschlafen wäre. Er hatte eine Hand in ihrem paillettenbestickten Kleid an ihrem Hintern. Als Spax näher kam, sah er, dass das Mädchen Kaugummi kaute. Ihr Blick war leer und müde, schwer zu sagen, ob auf Droge oder aus Langeweile. Außer den beiden war niemand in dem doch sehr großen Club. Anka verschwand kurz hinter einem roten Vorhang, der in einem Türrahmen den Tanzbereich abschloss. Sie lugte wieder hervor, lächelte zufrieden und winkte ihn zu sich. Spax machte einen vorsichtigen Bogen um die Tänzer und bemerkte, dass die Musik aus einer Ecke des Raumes kam, von einem Fernseher, auf dem ein Video von Modern Talking lief:

Oh, I cannot explain/Every time it's the same/Oh, I feel that it's real/Take my heart/I've been lonely too long/Oh, I can't be so strong/Take a chance for romance/Take my heart/I need you so/There's no time I'll ever go.[8]

MOSKAU, HALLE DER KAMERADSCHAFT

TINA

Vor der Halle standen die Menschen in Trauben an den Einlasstoren, wo die Eintrittskarten kontrolliert wurden. Tina, die mittlerweile wusste, wie das lief im zerfallenden Sozialismus, fand einen Seiteneingang, der von einem sehr kleinen, sehr kräftigen Sicherheitsmann mit mehrfach gebrochener Nase bewacht wurde. Sie bot ihm die letzten Wischerblätter an, die Tom ihr zum Abschied mitgegeben hatte, und dann waren sie und Mischa drin in der Halle. Sie passierten die Toiletten und standen plötzlich in einem leeren Raum im Backstagebereich, wo Tabletts herumlagen mit Resten eines abgegessenen Caterings. Mischa nahm ein paar Weintrauben und griff sich die letzten Schinkenröllchen von einem Teller.

In der Tür erschien eine kleine drahtige Blondine, die ein Walkie-Talkie umgeschnallt hatte, einen Kopfhörer trug und damit genauso aussah, wie eine Aufnahmeleiterin aussehen muss.

»Sabine?«

»Was?«

»There you are, Sabine. Where have you been? Hurry up, for chrissake!«

»Einen Moment noch.« Manchmal war Tina wirklich geistesgegenwärtig. Sie schnappte sich eine halb volle Mineralwasserflasche und folgte der Frau.

Die Aufnahmeleiterin fasste sie mit einer Hand im Nacken, fest, aber nicht unangenehm, und schob sie durch einen schmalen Gang. Die andere Hand spürte sie plötzlich an ihrem Hintern. Ehe Tina etwas sagen konnte, hatte sie sie durch eine geöffnete Tür in eine Garderobe geführt und an einen letzten freien Schminktisch gesetzt. Der Raum war voller Frauen, die sich umzogen, schminkten, auf einen Auftritt vorbereiteten. Solche Orte kannte sie. Hierher gehörte sie eigentlich. Sie griff sich Puder, Mascara und Eyeliner und begann sich wie selbstverständlich zu schminken. Was immer hier abging, sie war dabei, durch welche unwahrscheinliche Fügung auch immer. Und das war gut so, denn sie hatte die Halle gesehen und die Menschen davor und konnte sich die Größe der Bühne ausmalen. Eine Riesennummer, auch wenn noch nicht klar war, welche.

»We have been looking for you, you know Dieter hates that. André already called your agency. You have like ten minutes.«

»Tut mir leid, *sorry for being late*«, sagte sie entschuldigend. Tina fand Nylons in einer Schublade und Schuhe unter dem Tisch. Das Kostüm auf der Stange war etwas knapp an den Hüften, aber es ging.

»I'll see you afterwards«, die Aufnahmeleiterin, die ihr beim Umziehen auf die Brüste gestarrt hatte, wischte ihr dabei durchs Haar. Im Spiegel sah Tina ihren Blick. Es galten überall die gleichen Regeln.

Sie verließ die Garderobe und rief: *»Ten minutes left!«*

Und dann war Tina genauso angezogen und geschminkt wie die anderen Girls in der Garderobe. Sie war anscheinend bei den Background-Sängerinnen gelandet. Polyfones Sprachgewirr und viel Lampenfieber, eine gemischte Truppe, hübsche Mädchen. Tina besah sich im Spiegel und fand, sie passte gut dazu. Ein anderes der Walkie-Talkie-Girls kam und knipste sie mit einer Polaroid. Das Foto legte sie auf den Schminktisch vor Tina, die es sofort in ihre Jacke steckte. Niemand störte sich an der Neuen oder wunderte sich über sie. Sie zog den letzten Fingernagel nach, türkis wie das Kostüm, als eine altmodische Schulglocke läutete und die Mädchen die Garderobe verließen.

Es ging durch ein paar dunkle Gänge, mehrmals auf und ab, und ein undeutlicher, dumpfer Lärm, der sich immer mehr zu Sprechgesängen verdichtete, die »Dieter, Dieter« riefen, zeigte an, dass sie der Bühne nah waren. Sie passierten einen dünnen Burschen im gestreiften Hemd, der jedem Mädchen einen Klaps auf den Po gab.

»Untersteh dich, André!«, zischte Tina mit dem neu gewonnenen Selbstbewusstsein eines großen Auftritts, eines bedeutenden Engagements. Dann stand sie auf der Bühne, wo der Vorhang sich hob und am Bühnenrand Feuerfontänen emporschossen und die Scheinwerfer weiß und klar auf sie herniederbrannten und die Menge in dem ungeheuren, dunklen Raum schrie, während die Musik einsetzte und der Blonde mit der Fönfrisur und dem albernen Umhänge-Keyboard zu singen begann und sie endlich wusste, wo sie war und was sie zu tun hatte:

Cheri Cheri Lady/Goin' through emotion/Love is where you find it/Listen to your heart/Cheri Cheri Lady/Livin' in devotion/Always like the first time/Let me take a part/Cheri Cheri Lady/Like there's no tomorrow/Take my heart, don't lose it/Listen to your heart.[8]

TOM

Für die Fahrt hatte er Juri ans Steuer gelassen. Tom war viel zu betrunken, und das passte ihm auch prima als Ausrede dafür, dass er mitging auf ein Dieter-Bohlen-Konzert.

Der Platz vor der Halle der Kameradschaft lag verlassen da. Einzelne Grüppchen Kartenloser standen noch beisammen und rauchten. Aus dem Seiteneingang am Parkplatz, wo Wladimir sie erwartete, war dumpfes Discogewummer zu hören. Er winkte sie heran, vorbei an ein paar livrierten Chauffeuren, die rauchend an großen Limousinen lehnten.

In einem kleinen Kabuff, das den Wachleuten als Aufenthaltsraum diente, standen schon eine Handvoll Leute. Wladimir zog drei Plastikkarten aus einer Schublade und steckte sie Juri, Tom und Saahan an die Jacken.

»*Your backstage passes, wasn't easy to keep them, everybody wanted to get in*«, sagte er.

Sie rauchten eine Zigarette zusammen, und Tom bemerkte auf dem Stuhl, wo Wlad Jacke und Mütze abgelegt hatte, einen Stapel mit ihm sehr bekannten Wischerblätterkartons.

»*How long yet?*«

»Some minutes. It's the second encore.«

Dann brach der eintönige Discobeat ab, Applaus brandete auf und Schritte und Stimmen von den Räumen hinter der Bühne waren zu hören.

»Okay, let's go«, und die Gruppe setzte sich in Bewegung, den dunklen Versorgungsgang entlang bis zum offiziellen Backstagebereich.

Im Raum hinter der Bühne war ein opulentes Büfett aufgebaut. Snacks und Kanapees und italienische Vorspeisen. Wasser, Bier, Wein und alles andere auch. Der Raum war voll mit Anzugträgern, die wichtig aussahen oder taten, und ihren goldbehangenen und von Starfriseuren auftoupierten Damen in Abendroben. Menschen, die gut rochen und überall dort waren, wo alle waren, Menschen mit Netzwerken, Menschen mit Verbindungen. Menschen, die zu allem was zu sagen hatten und dies auch ständig taten. Bis auf die unglaublich hübschen Mädchen in den knappen türkisfarbenen Glitzerfummeln kannte Tom das Volk von Filmpremieren und Empfängen auf Filmfestivals, wenn er – als Tonassistent selten genug – auch mal eingeladen wurde.

An einer Wand war ein Promotion-Tisch der Plattenfirma aufgebaut mit der neuesten Veröffentlichung des Stars, in Vinyl und als CD, dazu Flyer und Poster. Der gesamte Raum war mit dem Covermotiv dekoriert. Ganz egal, wohin man blickte, immer traf man auf ein strahlendes Popstarlächeln. Tom konzentrierte sich auf Büfett und Bier, und beim Vitello tonnato tropfte von seinem Löffel etwas Thunfischsoße auf einen weißen Jackettärmel neben ihm.

»Oh, Entschuldigung, *sorry.*«

»Keine Ursache, *never mind*«, erwiderte der zu braune Mann mit der blonden Fönfrisur, der leibhaftig vor ihm stand, mit exakt demselben allgegenwärtigen Posterlächeln und den zu weißen Zähnen.

»Bist du bei der Crew?«

»Ja.«

»Komisch, ich hab dich noch nie gesehen.«

»Bin zum ersten Mal hier. Normalerweise bin ich bei den Trucks.«

»Ach so. Wie fandest du's?«

»Spitze. Sehr gut. Tolle Stimmung auch in der Halle.«

»Danke. Das freut mich, dass du das auch so siehst. Wie heißt du?«

»Tom, Thomas meine ich.«

Der Sänger lächelte ihn freundlich an.

»Tom, hat mich gefreut, dich kennenzulernen. Na dann viel Spaß noch.«

Netter Kerl, der Popstar, dachte Tom, typisches Profigehabe. Einmal hatte er in der Second Unit eines großen amerikanischen Films in den Studios im Süden der Stadt mitgewirkt, als Boom Op. Der Star, ein echter Star, begrüßte am ersten Drehtag alle Mitarbeiter am Set mit Namen. Das gehörte wohl dazu, dieses: Ich bin einer von euch, wir ziehen alle am selben Strang, wir sind ein Team. Er würde sich in Kürze scheiden lassen, verkündete der Star weiterhin, und wolle dies dem Team persönlich mitteilen, ehe es alle aus der Zeitung erführen. Sie müssten jetzt alle zusammenhalten, und er wolle sein Bestes geben, der Film dürfe darunter nicht leiden und so weiter. Die Regieassistentin, die Continuity und die Aufnahmeleiterin waren hingerissen. Wie sympathisch und offen, aber Tom sah darin nur eine viel gerissenere Form der Lüge. Sie zogen nicht an einem Strang. Verlogene Scheiße.

Der Raum füllte sich immer mehr. Er entdeckte Juri und Saahan in einer Gruppe der türkisfarbenen Showgirls. Juri deutete auf die Getränke und winkte ihn dazu. Tom nahm vom Tisch so viele Proseccogläser, wie er tragen konnte, und drängte sich in den Kreis.

»Schampus für alle.«

Spax hätte genau das Gleiche gesagt, und zum ersten Mal, seitdem sie sich am Morgen getrennt hatten, dachte er an seinen Freund. Das hier würde ihm gefallen.

»Hey, this is Tom, my friend from Germany. Sabine here is from Germany, too«, rief Juri lachend, und Tinas Lachen erstarrte genauso wie Toms bei diesem überraschenden Wiedersehen.

»Was machst du denn hier?«

»Und du?«

»Ich bin mit aufgetreten. Background.«

»Hier?«

»Ja!«

»Als Sabine?«

»Als Sabine, genau.«

Ihre Haut war dunkler, die Lippen voller und ihre Augen waren weiter geöffnet, und obwohl sie nicht lächelte, fand er, dass sie glänzte und leuchtete wie jemand, der echt glücklich war.

»War nicht schwer, ein paar Schrittvariationen auf

Samba- und Rumbabasis, *easy*. Hatte ich beim zweiten Lied drauf und Musik und Texte, eh kein Problem. Es war irre, die Leute sind ausgeflippt. Eine Riesenhalle. Wahnsinnsstimmung, zwei Zugaben. Der Wahnsinn.«

Sie machte eine Pause und atmete fest durch.

»Und was machst du hier?«

»Ich, ich weiß gar nicht ... Bin mit Freunden hier, auf der Party.«

»Du hast Freunde in Moskau?«

»Ja. Juri kennst du. *Saahan, this is Sabine from Berlin.*«

»Hello Sabine. You look marvellous.«

Wieder staunte Tom über den kleinen Sri Lanker. Wie er das Sabine aussprach. Er flirtete genauso gut, wie er Kricketspielen konnte.

»I like Dieter Bohlen very much. He is big in Sri Lanka!«

Gut, Musikgeschmack hatte er keinen.

»Okay, Ladies!«, Juri hakte sich bei Tom unter und zog Saahan auch zu sich heran.

»Listen. The three of us and our honourable friend Wladimir the doorkeeper, who is soon about to be available for us, we invite you ladies to a fantastic place with original Russian food and original Russian drinks and original international fun. Let's leave this boring place unless you want to stay with this farts and tarts.«

Alle kicherten oder lachten und fanden die Idee gut. Ein paar der Mädchen schnappten sich Flaschen vom Büfett, dann verließ der Tross mit Juri an der Spitze die Gesellschaft Richtung Hinterausgang.

»Ich komme mit. Ich hole nur meine Sachen aus der Garderobe«, rief Tina Tom zu.

»Ja klar, ich warte hier auf dich. Wir fahren eh mit meinem Wagen.«

In der Garderobe blieb Tina vor dem Spiegel auf ihrem Platz sitzen. Sie genoss den Moment und schloss die Augen. Sie spürte ihr Herz rasen und ihre Atmung schneller werden. Sie sah sich in Großaufnahme, hell und schön. Hinter ihr und unter ihr die Bühne. Vor ihr die Menschen, die sangen, klatschten und jubelten. Und Musik überall. Sie tanzte und spürte den Boden nicht mehr, sie flog. Sie war überall im Raum, sie war in den Blicken der Zuschauer. Sie öffnete ihre Augen und sah sich im Spiegel. Sie war glücklich. Tina überlegte einen Moment, ob sie sich umziehen sollte. Das Kleid gefiel ihr, es stand für einen Erfolg in ihrer Karriere. Also zog sie kurzentschlossen Jeans und Jacke über das Kleid, der Rest passte in ihre Handtasche. Fast widerwillig verließ sie die leere Garderobe, wie immer etwas wehmütig.

»Da bist du ja, *Sabine*!«

André hatte den Namen höhnisch ausgesprochen. Er packte Tina am Arm. »Mitkommen. Ich hab mit Sabines Management telefoniert. Die liegt im Zentralkrankenhaus mit Verdacht auf Blinddarm. Wer bist dann du und wie bist du hier reingekommen?«

»Lass mich los, du tust mir weh!«

»Von wegen. Wir gehen jetzt zum Saaldienst. Das ist Hausfriedensbruch und Diebstahl und ...«

Tom, der am Ende des Gangs zum Backstagebereich auf Tina gewartet hatte, kam angerannt und gleich hinter ihm Wladimir.

»Du Schwein!«

»Take your hands off her!«

Damit war Wladimir schon bei André und hieb ihm ansatzlos mit solcher Wucht die Faust auf die Nase, dass der weit nach hinten segelte. Er packte den bewusstlosen Kerl und war mit ihm in Sekunden durch eine Tür verschwunden. Es war genauso schnell vorbei, wie es begonnen hatte.

»Alles okay?«

»Ja, Tom, danke. Du blutest ja.«

»Ja, Wlad hat mich beim Ausholen erwischt.«

»Du kennst den Wachmann?«

»Yep, ein Freund von mir.«

Tina sah ihn an und verstand immer weniger. Sie waren seit nicht mal zwölf Stunden in Moskau, und schon war Tom anscheinend mit der halben Bevölkerung befreundet. Außerdem sah er wirklich wild aus. Über dem Auge war die Haut geplatzt, Blut lief ihm übers Gesicht.

»Das muss genäht werden.«

Der Schock des Schlages und der Anblick des vielen Bluts trafen Tom, der seit Mittag kontinuierlich getrunken hatte, mit voller Wucht. Er wurde kreidebleich und verlor das Bewusstsein.

Als er wieder erwachte, lag er auf einer Liege in einem neonbeleuchteten Raum, durch beigefarbene Plastikvorhänge vom Rest des Raums abgetrennt, die von einer Stange unter der Decke herabhingen.

Juri stand vor ihm, er hatte seine Autoschlüssel in der Hand.

»Okay? Are you okay?«

»Yes.«

»Good. Tom, my friend, listen, I have to take your car. The doctor said, you have to stay at least another hour. You might have a concussion. You do not have a concussion. You are only drunk. But the doctor wants to be sure. The girls and Wlad have been waiting outside a long time. We need a car, otherwise I would loose my face. I cannot afford taxis for so many people. You understand? You give me your keys and we go there. This is the address and a note that says: Andrej pays for the customer. That's how it works. You give the note to a taxi driver, you do not have to pay. Tourists do not pay. You understand? You come later with a taxi. You give the address of the club. And the note. To the driver. You do say: Andrej pays for the customer. No problems, okay. See you later!« Juri klopfte ihm aufmunternd auf die Schulter. *»No problems, my friend.«*

Und dann war Tom wieder allein. Er fasste sich an die Stirn und befühlte ein großes Pflaster. Es schmerzte heftig, und weiter dahinter gab es noch ein dumpfes Pochen. Aber es blutete nicht mehr. Anscheinend war er genäht worden. Er setzte sich auf. Das ging. Er starrte auf den Zettel. Ein weiteres Detail eines Tages voller Seltsamkeiten.

Клиент Андрея. Клуб дружбы.(m)

MOSKAU, CLUB DER FREUNDSCHAFT

SPAX

Das Separee hinter dem samtenen Vorhang im Club der Freundschaft war mit Teppichen und Kissen ausgelegt und insgesamt sehr gemütlich. Sie schliefen miteinander, es war unkompliziert und schön, und später saßen sie da bei Krimsekt und Kaviar und Brot. Spax wurde wie ein Ehrengast behandelt, und welche Rolle Anka hier und heute oder überhaupt spielte, war nicht klar. Die Angestellten hörten auf sie und brachten, was immer sie bestellte oder wonach sie fragte. Das ganze Ambiente verlangte nach Bezahlung, darüber hätte man sich Sorgen machen können. Aber außer Scheibenwischerblättern hatte er sowieso nichts zu bieten, und Anka wirkte auf ihn schon den gesamten Tag nicht etwa im Dienst, sondern eher wie im Urlaub. Es gefiel ihm, dass er der Mann war, den sie sich für diesen Moment ausgesucht hatte.

Der einzige Störfaktor war die erbärmliche Musik, die in einer foltergleichen Endlosschleife immer wieder vom Video aus dem Nebenraum herüberschepperte. Als Anka auf die Toilette ging, nutzte er die Gelegenheit, um draußen etwas Luft zu schnappen.

Vor der Tür war es frisch, er spürte, dass er zu viel gegessen und zu viel getrunken hatte. Er zündete sich eine Zigarette an und starrte in den sternklaren Himmel. Das ist echtes Reisen, dachte er, Eintauchen, Einlassen, unterwegs auf fremden, unbekannten Pfaden. Er streckte die Arme weit von sich und fühlte sich wie in einem Roman von Paul Bowles oder Joseph Conrad.

Ein Wagen tauchte aus der Dunkelheit auf und kam mit aufgeblendeten Scheinwerfern schnell näher. Mit einer Vollbremsung und einer Hundertachtziggradwendung stoppte das Auto auf dem Baustellenvorplatz. Sand und Steine spritzten auf. Aus dem Wagen sprangen vier Mädchen unterschiedlicher Hautfarbe, alle in türkisfarbenen Trikots, ein Bursche in Lederjacke, ein kleiner, dünner Bursche, der aussah wie ein Inder oder Pakistani, und ein noch kleinerer Typ, der eine wohl schon mehrfach gebrochene Nase hatte und eine Uniform trug – laut lachend und in wildem Englisch durcheinanderquatschend stiegen sie an Spax vorbei die Treppe zum Club hinab. Seine Augen hatten sich gerade vom hellen Aufblendlicht erholt, als er erkannte, dass das da vor ihm in der Moskauer Dunkelheit sein eigenes Auto war.

TINA

Sie hatte die ganze Zeit bei Tom im Sanitätsraum verbracht und zugesehen, wie dem Bewusstlosen mit sechs Stichen die Stirn genäht werden musste. Das Blut war mittlerweile in langen lila Bahnen und verschmierten Flecken auf seinem Gesicht und Hals getrocknet. Warum das niemand wegmachte, verstand sie nicht, sie hätte es gern getan, aber als sie aufstand und mit einem feuchten Taschentuch Toms Wange betupfte, wies man sie sofort zurecht. Juri und Wladimir hatten auf den Sanitäter eingeredet, der immer nur beschwichtigend genickt und dann verneint hatte, und dann war sie schließlich vor die Tür getreten, um eine Zigarette zu rauchen.

Die letzten Konzertbesucher verließen die Halle und überquerten den Vorplatz. Eine kleine Gruppe wartete noch hinter einer Absperrung mit Blöcken und Stiften in der Hand vor dem Seitenausgang, aus dem Tina kam. Fans, dachte sie, wie reizend. Wie gern hätte sie auch einmal Autogramme geschrieben. Aber natürlich erwarteten die Leute hier jemand anderen. Sie hatte auf eigene Faust zweitausend Kilometer nach Osten bis nach Moskau fahren müssen, nur um festzustellen, wie glücklich sie auf der Bühne war. Da ist wohl nichts zu machen, dachte sie, aber der Gedanke tat ihr gut. Sie hatte das Gefühl, dass es eine Lösung geben könnte. Zuerst musste sie Berlin verlassen, so viel war ihr klar geworden. Sie musste sich selbst eine neue Chance geben und nicht darauf warten, dass man ihr eine anbot. Sie war noch zu jung, und sie hatte noch genügend Lust und Neugier in sich für den Beruf und für das Leben. Es gab einen richtigen Platz für sie in der Welt und es gab noch sehr viele Gelegenheiten, ihn zu finden. Bisher war sie einfach nur am falschen Ort gewesen, wahrscheinlich auch mit den falschen Leuten. So was passierte, ließ sich aber korrigieren.

»Tina, Tina. Hallo, Tina.«

Die Stimme kam aus der Menge der Autogrammjäger.

Es war eine Stimme, die sie kannte, Leonids Stimme. Er drängte sich durch die Menge nach vorn, ein kleines Mädchen an der Hand, und schrie und winkte.

Das Leben war nicht nur groß, sondern auch kaum zu verstehen. Für einen Moment fühlte sie sich verarscht. Hatte da irgendjemand ihre Gedanken gelesen? Gab es eine versteckte Kamera? Oder war sie endgültig durchgedreht. Eine Nervenüberreizung, die Aufregung und das Glück, zu viel ungewohntes Adrenalin, zu viel Serotonin. Sie erinnerte sich dunkel an die Nachricht an der Tür zu Leonids Wohnung. Aber das schien lange her. Sie beschloss, sich nicht täuschen zu lassen, und wandte sich um.

»Tina, Tina. Hier. Wir haben auf dich gewartet. Ich hab meiner Tochter erzählt, dass ich dich kenne, als wir dich auf der Bühne entdeckt haben.«

Leonid strahlte wie jemand, der gerade etwas geschenkt bekommen, und nicht wie jemand, der tausend Mark gestohlen hatte. So war das also. Tina zögerte, und für einen winzigen Moment schwappte die bekannte Welle aus Wut und Enttäuschung wieder in ihr hoch.

»Sag mal, bist du irre?«

Sie ging näher an den Zaun, wo seine Tochter sie mit großen Augen anstarrte. Und schon war alles vorbei, der Verrat, die Niederlagen. Die schlechten Gedanken waren so schnell verflogen, wie sie aufgetaucht waren. Das war erledigt. Es hatte nichts mit ihr zu tun. Sie hatte keine Schuld. Sie wurde wieder ruhig.

»Du hast die ganze Zeit bei mir gewohnt und so getan,

als wärst du mein Freund, und dabei hast du Frau und Kinder?«

»Ich bin dein Freund.«

»Du bist nicht mein Freund. Du bist abgehauen und hast mich bestohlen.«

»Ich musste.«

»Blödsinn, Leonid. Wo ist mein Geld? Ich möchte mein Geld wiederhaben und meinen Walkman.«

»Den hab ich heute verkauft, für die Tickets.«

Die Umstehenden sahen der Unterhaltung, von der sie nichts verstanden, interessiert, aber reaktionslos zu.

»Tina, ich hatte kein Geld, und mein Junge, Alexander, ist krank.«

»Was hat das mit mir zu tun? Ich will das nicht hören.«

»Ich hatte geglaubt, ich könnte im Westen Geld verdienen, aber das hat ja nicht geklappt, wie du weißt. Mein Sohn ist krank in den Knochen, schwer krank. Meine Frau hatte angerufen, dass er operiert werden muss. Kein Geld, keine Operation.«

Das Ganze klang wie aus einer der Schmonzetten, die am Freitag um 20.15 Uhr liefen und die ihre Mutter so liebte. Die spielten aber immer in Cornwall oder an der Amalfiküste und nicht nachts am Hintereingang einer russischen Mehrzweckhalle. Das war ja fast schon wieder gut.

»Es war keine Zeit mehr. Ich konnte nicht fragen. Ich hab mich nicht getraut. Das war falsch. Es war nicht richtig. Ich weiß das. Für meinen Sohn aber war es richtig. Kein Geld, keine Operation. Er wäre sonst gestorben.«

Die Menge hinter der Absperrung begann zu schreien und an den Gittern entlang zum Parkplatz zu laufen. Leonid musste sich und seine Tochter kurz festhalten, sonst wäre er umgestoßen worden. Aus dem Hintereingang war der Star gekommen und stieg winkend in eine der bereitstehenden Limousinen. Dieter Bohlen verließ Moskau.

Sie standen nun zu dritt allein am Gitter.

»Er ist im Krankenhaus. Es geht ihm nicht gut, aber er lebt. Wenn ich Arbeit finde, zahl ich's dir zurück.«

»Wie willst du denn tausend Mark zurückzahlen?«

»Почему эта тетя так сердится?«

»Она не злится, это так кажется. Немецкий язык.«

»Она красивая как ангел.«[n]

»Maria sagt, du bist schön wie ein Engel.«

Tina nickte dem Kind zu und musste lächeln.

»Warum hast du meinen Walkman verkauft? Und mein Ausweis, was ist mit dem?«

»Auch weg. Es gab keine Zeit für die Tochter, keine Liebe. Sie hat viel geweint, und alle waren immer traurig und besorgt wegen ihres Bruders. Also zum Geburtstag, letzte Woche war ihr Geburtstag, habe ich ihr versprochen, wir gehen in ein Konzert. Ein bisschen Lachen, Musik.«

Tina wusste nicht mehr, was sie sagen sollte.

»Что?«

Die Kleine reichte ihren Block und den Stift über die Absperrung.

»Ich habe dich auf der Bühne gesehen. Als Maria hörte, dass ich dich kenne, wollte sie warten und dich treffen. Wir haben hier auf dich gewartet.«

Einen Moment zögerte Tina, ungläubig und überrumpelt, dann schrieb sie ihren Namen auf den Block des kleinen Mädchens und setzte ein Herz mit Flügeln darüber. Aus ihrer Jackentasche holte sie das Polaroid aus der Garderobe und legte es dazu.

Das blasse Mädchen mit den dunklen Augenringen lächelte nun zum ersten Mal.

»Spasibo, spasibo.«

»Du hast so toll ausgesehen. Du hast es also geschafft. Ich wusste es. Ich wusste es immer.«

Das aufrichtige Lob war ohne Falschheit und kitzelte das Glühen nach dem Auftritt wieder hervor und die Wogen des Applauses, und die Vibrationen des Bühnenbodens meldeten sich noch einmal in ihrer Wirbelsäule. Die Schreie, das Klatschen, der Schweiß, der Gesang, die Bühne, das Publikum. Sie riss sich zusammen.

Leonid zog die Schultern hoch und lächelte. Das Kleid unter ihrer Jeans zwickte. Sie wartete, aber das war es. Sie sah das kleine Mädchen an und hob die Hand zum Gruß.

»Ciao, Maria.«

Dann drehte sie sich um.

Sie war erschöpft. Sie wollte zu Tom und zum Auto und nach Hause.

SPAX

Spax starrte lange auf seinen Wagen, der wie eine Erscheinung hier vor ihm in der russischen Nacht aufgetaucht war. Wer waren diese Leute, die damit gekommen waren, und wo war oder was war mit seinem Freund Tom? Er zündete sich eine weitere Zigarette an, in Russland, das war deutlich geworden, fühlten sich die Ereignisse oft etwas anders an, vor allem die Selbstverständlichkeiten unterschieden sich doch sehr von dem aus Westeuropa Gewohnten. Die Truppe, die mit seinem Auto gekommen war, hatte nicht gefährlich ausgesehen, keinesfalls wie Autodiebe, dazu waren sie viel zu gut gelaunt und zu betrunken gewesen. Sie hatten die Wagentüren offen gelassen, und Spax, der jetzt herantrat, bemerkte, dass der Zündschlüssel steckte. Er zog ihn heraus und setzte sich kurz in den Wagen. Es roch nach Alkohol und Mädchenparfüm. Vorn im Fußraum des Beifahrersitzes lagen eine leere Sektflasche und eine CD von Dieter Bohlen. Er hob sie auf und betrachtete das Gesicht des Sängers. Ein weiteres Stück aus dem Rätsel dieser Reise. Spax sperrte den Wagen ab, trat die Zigarette aus und warf die CD in eine der Baugruben. Er hörte sie in der Dunkelheit scheppernd aufspringen, am Kies entlang nach unten rutschen und ins Grubenwasser eintauchen. Er konnte sich vorstellen, wie dieses Loch morgen bei Schichtbeginn als Erstes zubetoniert werden würde.

Es gab noch einige Punkte zu klären, also ging er zurück in den Club, in der Hoffnung, dass der Teil des Abends, in dem alles glattging, noch nicht vorbei war.

We're takin' over/We have the truth/This is the mission/To see it through/This is our planet/You're one of us/We're sendin' out/ A major love/And this is our/Message to you(9)

Die Musik war nicht wirklich besser geworden, die

Stimmung schon. Die türkis gekleideten Girls hatten einander untergehakt und tanzten kreischend zusammen mit Anka und dem kleinen Kerl, der aussah wie ein Inder. Sie bewegten sich in einer Linie aufgereiht als Formation über die Spiegelfliesen zu dem Michael-Jackson-Song, der jetzt als Video über den Bildschirm in der Ecke flimmerte. Der mit der Lederjacke, der mit Spax' Auto gekommen war, der, den er suchte, hatte ein Mikrofon in der Hand und sang mit, lauthals und jeden Ton treffend.

Das passte erst mal nicht zu den Varianten, die er sich draußen vor dem Club für diese heikle Situation ausgemalt hatte. Er wollte aber keinesfalls das Aktivmoment aus der Hand geben und darauf warten, bis der Tanz zu Ende war. Also lief er die Treppe runter, marschierte geradewegs an dem Burschen mit der Lederjacke vorbei, vorbei an den Chorusgirls und an Anka, die ihm zulächelte und ihn aufforderte, neben ihr mitzutanzen, und schaltete den Fernseher aus.

Für eine Sekunde erstarrte alles in der plötzlichen Stille. Spax stellte sich vor die verblüffte Truppe direkt unter die Discokugel ins Gegenlicht, hob beschwörend die Hände und blickte in die Runde.

»*Okay everybody, my apologies for interrupting. The car you arrived with is my car. IT IS MY CAR.*«

Da niemand etwas sagte, fuhr er fort.

»*My friend Tom had it, the last time I saw him. Where is he? What happened to him? Where did you take the car and why …*«

Weiter kam er nicht, denn von hinten legten sich zwei kräftige Arme schraubstockartig um seinen Hals. Die Uniformärmel gehörten dem Kleinen mit der gebrochenen Nase, der auch mit im Wagen gesessen hatte. Das war das Letzte, was Spax dachte, ehe er ansatzlos wegkippte.

TOM UND TINA

Tina zog den Kunststoffvorhang zur Seite.

Tom lag auf der Liege ausgestreckt und blickte an die Decke. Sie setzte sich zu ihm.

»Die anderen sind schon länger weg.«

»Ich weiß.«

»Mit dem Wagen.«

»Ich weiß.«

»Geht's besser?«

»Hmm.«

Er bewegte sich nicht. Er lag nur da, und wenn er nicht ab und zu geblinzelt hätte, hätte man ihn auch für tot halten können, so blass war er.

»Tut's noch weh?«

»Nein.«

»Ist dir schwindlig?«

»Nein.«

»Du siehst furchtbar aus, weiß, wie du bist, und mit dem Blut überall.«

»Ja.«

»Haben die Ärzte gesagt, dass du noch liegen bleiben sollst?«

»Nein. Hier war kein Arzt.«

»Warum stehst du dann nicht auf?«

Wieder einmal schienen sie übrig geblieben oder vergessen worden zu sein. Tina starrte vor sich auf den Boden, auf die abgestoßenen Spitzen ihrer Stiefel, die sie seit mehr als fünf Jahren trug. Auf ihre Handtasche, die sie vor Ewigkeiten auf dem Flohmarkt vor dem Schöneberger Rathaus gekauft hatte. Auf die abgewetzten Knie ihrer Jeans, ihre Hände, die türkisfarbenen Fingernägel. Ein Souvenir.

»Ich habe eine Frau kennengelernt.«

»Ach was.«

»In Berlin schon. Ich hab an sie gedacht.«

Tina sah auf die Uhr, es war fast drei Uhr. Sie gähnte.

»Und?«

»Sie ist gehörlos.«

»Und?«

»Und depressiv.« Zum ersten Mal sah sie ihn an. »Außerdem ist sie gerade in der Klapse.« Tom hatte sich immer noch nicht bewegt. »Und ich bin total verliebt in sie.«

»Und das fällt dir jetzt ein?«

»Ich denke das schon die ganze Zeit.«

»So was denkt man doch nicht.« Wenn es mit den offensichtlichsten und klarsten Dingen schon Probleme gab, war es kein Wunder, dass alles immer wieder aus dem Ruder lief. »Man denkt nicht, dass man verliebt ist, man ist verliebt oder nicht. Und wenn man verliebt ist, dann ist man auch verliebt. Oder man ist nicht verliebt. Scheiße. Immer dieselbe Scheiße.«

»Ja. Du hast recht.«

»Und warum bist du nicht bei ihr?«

Tom drehte den Kopf zur Seite, ihre Blicke trafen sich

für einen Moment. Dann betrachtete Tina wieder ihre Fingernägel. Sie räusperte sich.

»Du bist offensichtlich in die falsche Richtung gefahren ...«

Auf der Straße vor der Halle fuhren trotz der späten Stunde tatsächlich hin und wieder Taxis vorbei, und der dritte Fahrer, der anhielt, konnte mit dem Zettel, den Tom ihm hinhielt, tatsächlich etwas anfangen. Gleich hinter der Halle passierten sie ein Industriegebiet, ein Neubauviertel und eine Reihe großer Baustellen. Obwohl sie nicht mal vierundzwanzig Stunden in Moskau waren, wunderten sie sich über gar nichts mehr, auch nicht über die Einöde, in der sie dann anhielten. In der auch ihr Datsun stand. Der Taxifahrer stieg mit ihnen aus, öffnete für sie die Tür zum Club, grüßte den Türsteher und stieg mit ihnen die Treppen hinab. In dem dunklen Raum saßen Tinas Backgroundkolleginnen auf dem Spiegelboden, die Beine von sich gestreckt. Juri hatte den Kopf im Schoß einer der Sängerinnen. Saahan lag in einer Ecke und war eingeschlafen. Wodkaflaschen, Gläser und Essensreste standen überall herum. Und an die Wand gelehnt hockte Spax mit einer Plastiktüte schmelzender Eiswürfel im Nacken. Wasser tröpfelte heraus und durchnässte sein T-Shirt. Anka saß daneben und schenkte ihm und Wladimir, der an Spax' anderer Seite war, Wodka ein.

Von der Treppe aus wirkte das Ganze auf Tom wie die Schlusstotale eines Katastrophenfilms. Die glücklichen Überlebenden, alles andere in Schutt und Asche. Musikeinsatz, Kranfahrt nach oben, Abspann.

DREI FÜR MOSKAU

»Da bist du ja endlich«, sagte Spax.

»*Nastrovje*«, begrüßte sie Anka, als Tom und Tina und der Taxifahrer die Tanzfläche betraten.

»Können wir auch einen haben?«

Wladimir sprang auf und klopfte Tom auf die Schulter.

»*I get clean glasses.*«

»*Где Андрей?*«[o], fragte der Taxifahrer.

»*Андрея здесь нет.*«[p]

»*А кто мне тогда заплатит?*«[q]

»*Сегодня никто.*«[r]

»*Мне нужны мои деньги!*«[s]

»Was ist denn?«

»Nichts. Er will nur Geld.«

»*Сейчас денег нет. Клуб не работает. Закрытое мероприятие.*«[t]

»*Я привёз туристов. Мне нужны мои деньги!*«[u]

Niemand rührte sich. Spax stand auf.

»Ich kann ihm was geben. *Come with me.*«

Der Taxifahrer verstand kein Wort.

Juri meldete sich. Er stand auf und klopfte dem Mann auf die Schulter.

»*Поехали.*«[v]

Er umarmte Tom und sie stiegen, gefolgt von Spax, die Treppen hoch und gingen zum Datsun.

Tom musste lachen.

»What a night! Juri, this is Spax, my friend.«

»Yeah, I know. He has a good car!«

»Sure«, sagte Spax, öffnete den Kofferraum und gab dem Taxifahrer eine Handvoll Wischerblätter.

»Is that okay?«

»Достаточно?«(w), übersetzte Juri.

»Yes, thank you.«

»Spasibo.«

»Spasibo.«

»What's that?«

»Windshield wipers.«

»Wow. Must be hundreds.«

»Yeah, we had way more when we left Berlin.«

»What do you need them for?«

»I do not know. For nothing. You want to have them?«

»Yes. We can leave them at Andrejs place. He knows what to do. This is good stuff. And maybe ...«

»Maybe what?«

»Maybe he could help me with Saahan. We need money to get him a passage to the Netherlands, to his family. And this is money.«

Sie trugen die restlichen Kartons nach unten in einen Lagerraum des Clubs, setzten sich dann zu Anka und Tina und leerten auch noch die letzten Flaschen Wodka.

Spax hatte sich ein Wischerblatt in die Jackentasche gesteckt.

»Zur Erinnerung«, sagte er zu Tom, der das bemerkte.

»Wir wären sonst nicht hier.«

Tom klopfte seinem Freund auf die Schulter. Spax nickte. Diese Dinger hatten ihn auf die Idee für die Reise gebracht und sie waren am Ende also doch noch zu etwas nütze. Er hatte es immer gewusst. Er war froh, die Wischerblätter endlich los zu sein.

Erst legten sich die Mädchen in die Ecke, dann Wladimir, und irgendwann schlief auch Anka ein und begann wieder zu schnarchen. Nur zum Spaß schaltete Spax den Fernseher noch einmal an, er hatte auf Modern Talking spekuliert, aber das Band zeigte den Rest von Michael Jackson:

The planets are linin' up/We're bringin' brighter days/They're all in line/Waitin' for you/Can't you see ...?/You're just another part of me/Another part of me ... /We're takin' over/This is the truth, baby/Another part of me.(9)

Und dann tanzten Tom und Spax und Tina und Juri auf der verspiegelten Fläche, langsam und schwankend und vorsichtig über und um die Schlafenden herum, in Moskaus Club der Freundschaft.

IMMER EIN STÜCK WEITER

Die Fahrt ins Hotel und der Abschied fanden im Nebel von Alkohol und Müdigkeit statt und würden schon am nächsten Tag zum Bodensatz der dunklen Erinnerungen gesunken sein, wie etwas Geträumtes oder etwas, das sie vor langer Zeit erzählt bekommen hatten.

Den nächsten Tag in Moskau und die darauffolgende Nacht verschliefen sie alle drei. Sie trafen sich erst am übernächsten Morgen wieder, frühstückten im Intourist-Hotel und besichtigten das Kaufhaus Gum, den Roten Platz und das Lenin-Mausoleum.

Wann immer sie unterwegs in den Auslagen etwas sahen, kauften sie es, um ihre Rubel loszuwerden. Sie erstanden unter anderem zwölf Paar hochgezogene Anglergummistiefel, einen Karton voll elektrischer Rasierapparate der Marke Jiskra, weiße Hemden aus reinem Plastik mit großen Siebzigerjahrekragen, drei komplette 16-mm-Ausrüstungen, Kamera, Klebelade und Bildbetrachter, zehn Paar der bekannten grüngrauen Taucherflossen der Größe 52, dreißig rote Schallplatten mit der *Internationalen* und der sowjetischen Nationalhymne, mehrere Messingschraubensortimente in hübschen hellblauen Kunststoffschachteln und, überraschenderweise, drei Brathähnchen, die sie sofort aßen. Alles andere wollten sie in Berlin auf dem Flohmarkt verkaufen. Tatsächlich entdeckte Tom in einem Laden Aquarellblöcke in A2, feinstes Papier, und kaufte zehn Stück davon zu einem Spottpreis. Farben, Pinsel oder Kreiden gab es keine, nicht einmal Bleistifte, aber, und das gefiel ihm, ein Anfang war gemacht.

Danach hatten sie keine Lust mehr auf die anderen Sehenswürdigkeiten der großen Stadt und saßen schweigend am Ufer der Moskwa. Am liebsten wären sie jetzt schon losgefahren, aber dazu fühlten sie sich noch zu müde. Spax dachte an Anka mit einer großen Pelzmütze im eisfreien Hafen von Murmansk im Arm ihres Mannes vom russischen Geheimdienst. Er dachte an die Reise und wie froh er war, sie gemacht zu haben. Er versuchte, sich an einem Schreibtisch vorzustellen, wie er das Erlebte aufschrieb, und er dachte an einen Filmproduzenten, den er ganz gut kannte und der ein Faible für solche Geschichten hatte. Es würde nicht einfach werden, aber er merkte, dass er sich drauf freute.

Tom sah Nia vor sich, ihm gegenüber an einem Tisch in der Kantine einer psychiatrischen Anstalt und zwischen ihnen, wo sich ihre Hände berührten, dampfender Kaffee, und er wusste, dass das mit ihr und ihm nicht einfach werden würde, aber er freute sich darauf.

Und Tina sah noch einmal die blendenden Scheinwerfer in der Halle der Kameradschaft auf sich gerichtet – und einen kleinen kahlen Jungen in einem Krankenhausbett. Sie wusste, dass sie gern spielte und wie gern sie spielte, denn daran hing ihr Herz, und sie wusste auch, dass es nicht einfach werden würde, aber sie würde es noch einmal versuchen, und darauf freute sie sich.

Als es dämmerte, standen sie auf und gingen zurück ins Hotel. Sie aßen ihr erstes und letztes russisches Softeis und tranken gemeinsam ein Glas saures Kwas zur Erinnerung.

In ihrer letzten Moskauer Nacht gingen sie zeitig zu Bett, sie wollten sehr früh die Heimreise starten.

Der Iwan hatte seinen Schrecken verloren, und der Osten hielt eine Menge Überraschungen parat, so lautete das Fazit. Die Menschen in Russland waren freundlich und zuvorkommend und vor allem freuten sie sich alle über Besuch.

Sie kamen ohne größere Probleme mit den Behörden oder dem Wagen bis nach Hause. Der Rest des Geldes ging für Polizeikontrollen drauf und für Benzin. Sie hielten weder in Minsk noch Smolensk noch in Polen, sondern fuhren durch, wobei sie sich am Steuer abwechselten. Nur einmal kauften sie noch zwei Gurken. Zu ihrer aller Zufriedenheit war eine genießbar und die andere bitter, wie immer. Und kurz vor Berlin gerieten sie in einen Regenschauer und mussten anhalten, denn ohne Scheibenwischer war die Sicht zu schlecht. In einem Bushäuschen teilten sie sich schweigsam die letzten West-Zigaretten. Der Regen wurde immer stärker und war bald wie eine Wand, die sie von der Außenwelt absonderte und beschützte. Es war warm und trocken, wo sie standen, und sie genossen den Moment, der ihre Reise so treffend kommentierte.

Eine ohrenbetäubende Explosion ließ sie zurückzucken und für einen Sekundenbruchteil war die Welt gleißend hell und weiße Funken flogen zischend durch den Regen, gefolgt von einem Knacken und dem Geruch von verbranntem Holz.

Der Blitz hatte nur ein paar Meter entfernt in einen Telefonmast eingeschlagen, der an der Spitze abgebrochen war und schwarz verkohlt im Unwetter noch rauchte. Als die Nachbilder auf der Netzhaut verblasst waren, schnippten sie die Kippen in den schwächer werdenden Regen hinaus und gingen zum Wagen mit dem angenehmen Gefühl, weit mehr als nur davongekommen zu sein.

Sie hatten keine Fotos gemacht und keine Postkarten geschrieben – und sie hatten kein einziges Wischerblatt verkauft.

ANHANG

Musik

(1) »This flight tonight«, Nazareth
Lyrics: Joni Mitchell

(2) »Into the great white open«, Tom Petty and the Heartbreakers
Lyrics: Tom Petty, Jeff Lynne

(3) »Seele Brennt«, Einstürzende Neubauten
Lyrics: Blixa Bargeld, Mark Chung, Alexander Hacke, FM Einheit, N. U. Unruh

(4) »Wind of change«, The Scorpions
Lyrics: Klaus Meine

(5) »Far far away«, Slade
Lyrics: Noddy Holder, Jim Lea

(6) »Carry on«, Crosby, Stills, Nash & Young
Lyrics: Stephen Stills

(7) »Stairway to heaven«, Led Zeppelin
Lyrics: Robert Plant, Jimmy Page

(8) »Cheri, Cheri lady«, Modern Talking
Lyrics: Dieter Bohlen

(9) »Another part of me«, Michael Jackson
Lyrics: Michael Jackson

Polnische bzw. russische Dialoge:

(a) »Ich steh schon seit drei Stunden hier, aber erst jetzt beißen sie. Die Mücken fliegen ganz schön niedrig. Ich glaube, wir bekommen ein Gewitter.«

(b) »Ich würde hier nicht übernachten, ich glaube, das Gewitter ist in einer Stunde da. Spätestens.«

(c) »Reisepass. Dort abgeben.«

(d) »Halt, hier rüber.«

(e) »Kommen Sie rein, bitte.«

(f) »Moskau? Ja.«

(g) »In mein Büro damit. Unterschreib da unten und mach den großen runden Stempel drauf. Beeilung.«

(h) »Mach schnell!«

(i) *Wechselstelle*

(j) »Gute Reise.«

(k) »Entschuldigung, ich verstehe Sie nicht.«

(l) »Wasser?«

(m) *Andrejs Kunde. Club der Freundschaft.*

(n) »Warum ist die Tante so böse?«
»Sie ist nicht böse, das klingt nur so auf Deutsch.«
»Sie ist schön wie ein Engel.«

(o) »Wo ist Andrej?«

(p) »Andrej ist nicht hier.«

(q) »Wer bezahlt mich dann?«

(r) »Heute niemand.«

(s) »Ich will mein Geld!«

(t) »Jetzt gibt's kein Geld. Der Club hat zu. Privatveranstaltung.«

(u) »Ich hab die Touristen hergebracht. Ich will mein Geld!«

(v) »Los geht's.«

(w) »Reicht das?«

Ich bedanke mich bei Philipp Budweg, Oliver Brauer und Andreas Paschedag für ihre Unterstützung und Hilfe, bei Ewa Wikiel und Anton Gonopolski für die Übersetzung ins Polnische bzw. Russische und bei Valeria Bertl und Maria Teresa Camoglio, ohne die ich es niemals geschafft hätte, dieses Buch zu schreiben.

Mein besonderer Dank gilt Claudius Gebhard und Mike Aguirre, sie wissen schon, warum.